ハピネス

hap・pi・ness | Novala Takemoto

嶽本野ばら

小学館

「私ね、後《あと》、一週間で死んじゃうの」

彼女は唐突に、まるで急にアルバイトが決まったかのようにさり気《げ》なく、話のついでといったふうに、何時《いつ》もの口調で、何時もの笑顔で、僕にそう告げたのでした。

「だからね、思い切って、ロリータさんデビューしようと思って、このジャンスカ、昨日、買っちゃった。ほら、スゴいんだよ。これ、クラシカルリボンジャンパースカートっていうんだけど、後ろが四段フリルのバッスルスタイルで、七種類のトーションレースが使われているんだよ」

彼女がずっと、ロリータに憧《あこが》れ、ゴシック&ロリータの雑誌を欠かさずチェックしているのは知っていました。デートとなれば必ず、彼女はロリータ系のショップが集まる原宿のラフォーレや新宿のマルイワンに僕を連れて行きました。そして何時間も掛けて様々な店舗を廻《まわ》りながら「可愛い！　可愛い！」とはしゃぐ一方で、「私にはまだ、上から下までロリータでバッチリ決めるだけの勇気がないし、第一、資金がない」と少し淋《さび》し気に呟《つぶや》き、手頃《てごろ》な価格のカットソーやソックス、チョーカーなどのアクセサリーを求めるのでした。ですから、この日、彼女が突然、髪を縦ロールにして、薔薇《ばら》があしらわれたピンクのヘッドドレスを着け、ショールカラーの襟《えり》や胸元がチュールレースで埋め尽くされたような生成《きな》りのパフスリーブのブラウスの上から、フロントには大きな三つのリボンが存在感を主張しているものの清楚《せいそ》な印象を与えるスクエアーネックの白いキャミソールじみた前身頃《まえみごろ》がサテンのリボン通し梯子《はしご》レースで飾られたピンク色のクラシカルリボンジャンパースカートを纏《まと》い、白のオーバーニーのソックス、黒いストラップシューズで約束の時間に、毎回待ち合わせ場所にしている井《い》の頭《かしら》公園の駅前に在るカフェ、宵待草《よいまちぐさ》に現れ、席に座り真っ白な丈《たけ》の短いケープを脱いでみせても、変貌《へんぼう》ぶりに多少、驚きはしたものの、たじろぐことはなかったのです。

「全部、Innocent World なんだよ」

月曜日、学校が終えた夕刻、何時ものように待ち合わせた薄暗い小さな他にお客さんのいないカフェで、彼女はそういい、注文したカモミールティーに口をつけることもなく、立ち上がり、くるりとバレリーナみたく回転して、僕に自慢するかの如《ごと》く、ジャンパースカートの背後を観《み》せ、愛《いと》おしそうにパニエで膨《ふく》らませたスカートの裾《すそ》を軽く持ち上げます。彼女の言動が余りに普段と変わらなかったもので、否《いや》、どちらかといえば普段よりも楽し気であったもので、僕は一週間後に死ぬというのは何かの聞き間違い、或《あ》るいは何らかの比喩《ひゆ》なのだと、胸を撫《な》で下ろし、自分がオーダーしたコーヒーのカップを持ち上げました。

「何もいってくれないの？」

「何もって？」

「似合ってるとか、似合ってないとか」

「だって……」

「私、今日、完全武装のロリータさんで、初めて外出したんだよ。こんな私を君に真っ先に観て欲しくて、我慢してたんだよ。無反応は非道《ひど》いよ」

「似合ってる」

「心がこもってない！　もしかして、変？　とりあえず、私はロリータさん初心者だから、まだ上手に着こなせてはいないとは思うけれど……。やっぱり、お洋服に負けちゃってるかな。おかしいかな。雑誌で研究したり、お店の人にアドバイスして貰《もら》ったりして、頑張ったつもりだったんだけど。でもね、徐々に完璧《かんぺき》なロリータさんになるなんて悠長なことはいってられないの。私に遺《のこ》された時間は余りに短いから」

「いきなし、そんな発言をするから、僕は動揺してしまって、お洋服を誉《ほ》められなくなっちゃったんじゃないか。一体、どういうことなのさ。一週間後に死ぬとか、遺された時間がないとか」

「あ、そうか。そうだよね、ご免《めん》。私、随分と前から、予測していたし、流石《さすが》にお医者さんに宣告された時はパニクったけれど、もう自分なりに納得して気持ちの整理をつけちゃったから。説明しないと、訳《わけ》、解《わか》らないよね」

「うん」

「でも、ここではアレだから、とりあえず、一旦《いったん》、私のいったことは忘れてくれない？　後でちゃんと教えるから。今日は久々のデートでしょ。打ち明けて、君が落ち込んじゃったら、デートが台無しじゃん。それに――」

「それに？」

「この格好で早く、君と井の頭公園を歩いたり、ユザワヤをうろうろしたり、中道《なかみち》通り辺りの雑貨屋さんを覗《のぞ》きたいもの」

僕達はカフェを出て、井の頭公園から吉祥寺《きちじょうじ》の繁華街まで徒歩で移動し、普段と変わらぬデートをしました。彼女はその最中、ことあるごとに、Innocent World の話を一方的に話しました。

「BABY, THE STARS SHINE BRIGHT も、metamorphose temps de fille も、Emily Temple cute も Jane Marple も好きだけれど、私は自分が完璧なロリータさんになるなら、Innocent World でっ

て決めていたの。ロリータなお洋服って、全てにおいて過剰というか派手でしょ。でもInnocent Worldのロリ服は、どれも同じようにフリルやレースをふんだんに使用しているのに、王冠や薔薇、アリスってロリータの定番のモチーフを取り入れているのに、クラシカルで、赤毛のアンや小公女の衣装みたく清楚なの。お姫様っていうより、お嬢様な感じかな。だから大好き。前まではセレクトショップにしか入ってなかったんだけれど、去年、ラフォーレの近く、明治通りのビルにオンリーショップが出来たんだよ。今日のお洋服は、そこで調達したの。こうして頭の天辺《てっぺん》から爪先《つまさき》までInnocent Worldで固めちゃうとね、さっき通った井の頭公園が、行ったことはないけれどブローニュの森に思えたし、こうして吉祥寺の街の雑踏にまみれていると、見知った処《ところ》を歩いているだけなのに、初めてお屋敷を飛び出して、想像もつかなかった庶民の生活を観て、興味津々《しんしん》に探検しているような錯覚に陥《おち》いる。宵待草まで行くには、井の頭線に乗らないといけないでしょ。随分と前から井の頭線は使っているけれど、今日はね、切符を券売機で買うだけでウキウキだったの。――嗚呼《ああ》、電車なるものに乗車する為《ため》にはお金が必要なのですね。間違えず、購入出来るかしらん。でも、電車に一人で乗るくらい出来なくては――なんて、独り言をいってみたりして、ね。バカみたいだけど、それがとても愉快なの。気持ちいいの。まるで観える風景が違うんだよ。わたくし、改めて、お洋服の力の偉大さを痛感いたしましたわ」

夜になり、彼女が「お腹が空いた」というので、僕達はサンロードにあるカレー屋さんCoCo壱番屋に入ることにしました。カウンターに並んで座ると「海老《えび》フライカレーにゆで卵のトッピング」、彼女はメニューを開くことなくオーダーします。このチェーン展開するカレー屋さんにくると、彼女は必ず「海老フライカレーにゆで卵のトッピング」なのです。吉野家や松屋と同系統の実に大衆的なカレー専門店で、量販店のくたびれたスーツを着たサラリーマンや部活を終えた帰りに立ち寄ったであろうジャージ姿の男子高生の一団に混じり、全身Innocent Worldでカレーを食す彼女は、滑稽《こっけい》な程、場違いでした。しかし彼女はどんな時でも隙《すき》あらば、カレーを食べようとするのです。嬉《うれ》しいことがあったなら記念日だからカレー。落ち込んでいる日は元気を出す為にカレー。僕は彼女の出《い》で立ちが出で立ちなもので、パスタ辺りが妥当かと六十種類もパスタのメニューがあるSPIGAか、自家製生麺が売りなハーモニカ横町のスパ吉を候補として提案したのですが、彼女は「ロリータさんデビューの日だから、CoCo壱番でカレーが食べたい」――。全く意図を汲《く》んではくれませんでした。

デートの帰り、彼女が部屋に寄りたいというので、中央線に乗り、僕らは荻窪《おぎくぼ》駅で降り、駐輪場に預けた自転車で二人乗りをすると、そこから天沼《あまぬま》にある僕の棲《す》む2ＬＤＫのマンションへと向かうことにしました。

高校二年生である僕は、一年生の一学期、父の転勤の為、両親と一緒に京都から、東京の荻窪に引っ越してきました。僕には三つ上の姉がいましたが、姉は既《すで》に大学生となり、北海道の大学に通う為、家を出て寮に入っていたもので、父が何処《どこ》に転勤になろうと関係なく、移住するのは三人のみでした。僕は新居から近い今川《いまがわ》の高校に編入し、前の高校でも美術部だったので、この学校でも美術部に入ることにしました。そして、彼女と出逢《であ》ったのです。

美術部に籍を置く彼女はクラスは違えど、同じ一年生でした。黒いダブルのブレザーと丈の短い車襞《くるまひだ》のスカート、レジメンタルタイが制服として定められているこの学校で、彼女は何時《いつ》も、女子の殆《ほとん》どがシンプルな白か黒、もしくは紺のソックスであるのにも拘《かか》わらず、レースの部分がリボンで締めて結べる白いオーバーニーソックスや、白い薔薇のトーションレースが付いた黒のハイソックスなどを穿《は》いていました。新しい環境にもある程度慣れ、一部の美術部の人間とも等しく雑談が出来るようになった頃、僕はどうしても彼女のソックスが気になっていたので、声を掛けることにしました。

「その靴下って、BABY, THE STARS SHINE BRIGHT?」

ブレザーを脱いで、アグリッパの胸像をスケッチブックに熱心にデッサンしていた彼女は、「えっ!」と小さく叫んだかと思うと、不意の質問にしばし戸惑いを隠せない様子で大きな眼を急速に瞬《まばた》きさせ、今度はじっとアグリッパの後ろに立つ僕の顔をしばし黙って凝視しました。が、その瞳には次第に明るい光が宿ってきました。彼女はスケッチブックと茶色いコンテを机の上に投げ出し、それまで挨拶《あいさつ》程度の付き合いしかなかったにも拘わらず、突然、幼馴染《おさななじ》みに再会したかの如く早口でこう訊《たず》ね返してきました。

「BABY, THE STARS SHINE BRIGHT、知っているの? 好きなの?」

「う、うん……。知ってるといえば知っているし……。好きかといわれれば……そう、だな。……好き――かもしれない」

今度は僕がまごつく番でした。偶々《たまたま》、姉が BABY, THE STARS SHINE BRIGHT の大ファンだったのです。僕自身は、ですから知ってはいるものの、BABY, THE STARS SHINE BRIGHT がロリータの王道をいく有名なメゾンであるというくらいの知識しか持ち合わせてはいません。好きかと問われれば、好きなのですが、自分が女子ならば絶対に BABY, THE STARS SHINE BRIGHT を着るぞと思ったこともなく、BABY, THE STARS SHINE BRIGHT を含め、付き合うならロリータな女子しか嫌《いや》だという気持ちは微塵《みじん》もないのが正直なところでした。この日、彼女のソックスが BABY, THE STARS SHINE BRIGHT のものだとある程度の確信を持って訊ねられたのは、中央にBの文字が入った金色の縁取りの赤いハート、BABY のシンボルマークである刺繍《ししゅう》がされた、白地にピンクのボーダー柄のオーバーニーだったからです。ですが、そんな事情を知らぬ彼女は、既にすっかり僕に対し、仲間意識を抱《いだ》いていました。

「クラスでも、この部でも、BABY, THE STARS SHINE BRIGHT――というかロリータに興味のある人なんて、まるでいないの。私ね、意気地《いくじ》がなくって、やっぱり人目が気になったりするから、本物のロリータさんにはなれないんだけれど、姿はロリータさんじゃなくとも心はロリータさんでありたいから、こうしてソックスだけは学校でもフリフリ、ヒラヒラ、しているの。君は普段は何処のお洋服を着ているの？　男子だから、BLACK PEACE NOW とか、パンク系？　それとも alice auaa みたくゴシック系？」

BLACK PEACE NOW も alice auaa も、初めて耳にするメゾンの名前。僕は落胆させては可哀想と思いつつも、自分が何故《なにゆえ》に彼女のソックスが BABY, THE STARS SHINE BRIGHT のものだと解ったかを白状しない訳にはいきませんでした。

「そうなんだ。お姉さんが、ロリータさんなんだ」

「がっかりさせちゃったかな」

「ううん。いいの。でも、君のお姉さんって、それじゃ、筋金入りのロリータさんなんだ。カッコいいなぁ。何時頃から、ロリータさんになったの？」

「確か、僕が中学に入ったくらいだったから、高校一年じゃないかな。それまでは普通といっちゃおかしいけれど、CANDY STRIPPER 辺りを着ている正統派だったんだ。それが突然、何処で誰の影響を受けたのか知らないけれど、一気にロリータになっちゃって」

「君のパパやママは、怒ったりしなかった？」

「怒ったというより、もう大変だったよ。不良になったならまだ、学校の先生に相談するとか策はあるけれど、そうじゃないからね。お年玉とかこつこつと貯めていたお金を、全部、BABYで使い果たしちゃって。両親とも訳が解らなくなっちゃって、母親はそんな格好をするのは心の病気に違いないからってカウンセリングを受けさせようとするし、父親はそんなに目立ちたいならせめてキグルミンになれっていうし」

「カウンセリングに連れて行こうというのも無茶苦茶な発想だけれど、ロリータに目醒《めざ》めた娘に、それならキグルミを着たギャルになれっていうのも、あり得ないよね。——で、お姉さんはどうしたの、それだけ責められ、誤解されて」

「私は心も正常だし、キグルミンにもなりません。そして何と罵《ののし》られようが、殴られようが、ロリータを続けますって、怯《ひる》まなかった」

「感動的な話だわ。見習わなくっちゃ。だけど、君もビックリしたでしょ、お姉さんが急にロリータになって。嫌じゃなかった?」

「うん。特に」

「恥ずかしくなかった?」

「ビックリはしたけれど、恥ずかしくはなかったよ。どんなお洋服を着るかは個人の趣味だし。逆に、誇らしく思った。親にそこまでいわれても、自分を曲げない、曲げられないものを見付けた姉さんを。それに、BABYのお洋服は可愛かったからね」

「羨《うらや》ましいなぁ、何か。今はもう、お姉さんがロリータさんであることを、君のパパとママは認めているのかな」

「全然。だから大学生になって、自分達の眼の届かない北海道にいってくれて、ほっとしている感じ。夏休みやお正月に帰ってこいともいわないし」

「そうなんだ。でも、理解ある弟がいるだけでも充分だよ、きっと。嗚呼《ああ》、私、君のお姉さんの話を聞いたら、ちょこっと、勇気が出てきたな。有《あ》り難《がと》う」

「どういたしまして」

「そうだ。君は東京に来たばかりだから、ラフォーレもマルイワンもまだ、行ってないでしょ」

「そうだね」

「じゃ、今度、二人で行こうよ。とりあえずは新宿のマルイワンかな。今週の日曜、空いてない?」

「空いてる」

思えば、そうしてマルイワンに出掛けたのが、彼女との初めてのデートでした(この日、新宿で摂《と》った夕食もカレーだった。昭和二年に日本で初めてインドカレーを出したという中村屋で、インドカリーを食べさせられた)。僕にとって彼女は当初、東京に来てから一番に出来た女友達でしかありませんでした。きっと、彼女にしてみても、そんな認識しかしていなかったでしょう。が、こうして新宿や原宿に連れ出される度《たび》、僕達のスタンスは接近し、微妙に変化を遂げていきました。彼女の影響で、僕はそれまでHYSTERIC GLAMOURやOZONE ROCKSというカジュアルなメーカーのものしか身に付けなかったのに彼女の勧めでMILK BOYを着るようになり、h.NAOTOやALGONQUINSというロリータ系の雑誌によく出てくる男子が纏《まと》っても問題ないパンク色の強いメゾンのお洋服も偶《たま》に買い(とはいえ、デザインが凝《こ》ったモード系のものではなく、やはりTシャツやトレーナー、ジーンズの類《たぐ》い、ラフに着こなせるラインものが中心でしたが)、カレーを食す機会も増えていきました。彼女の家は三鷹台《みたかだい》にあったので、特に都心に出る必要がない時は、お互いのアクセスに便利な吉祥寺を徘徊《はいかい》することが多くなりました。宵待草を教えてくれたのも彼女です。このカフェはその店名が示すように、大正から昭和初期に活躍した竹久夢二《たけひさゆめじ》や高畠華宵《たかばたけかしょう》などの挿絵画家が描いた叙情の世界観を現代に蘇《よみがえ》らせていて、二階では定期的にサロンが開催され、それらのロマンチシズムに傾倒する人々が、絵を習ったり、人形を作ったりしているのだと聞かされました。ですから、お店はカフェでありながらも、サロンに通う芸術家の卵達が作品を発表する場としても機能していて、壁には常にノスタルジックな香りが漂う絵が展示してあるのでした。ここで展覧会をするのが目標なのだと、彼女は僕にだけ打ち明けました。僕が、それならサロンに入れて貰えばいいのにと提案すると、彼女は「私みたいな下手糞《へたくそ》では、夢のまた夢だわ、そんなこと。だから、誰にもこのことは話したことがないの」と、顔を真っ赤にして応《こた》えました。確かに、彼女には美術部でのデッサンを観る限り、絵の才能が乏しいようでした。しかしいい絵を描く者が必ずしも高い技術を有《ゆう》しているとは限りません。「華宵は晩年、挿絵の仕事をしなくなり純粋な画家に転身して成功した。それは基礎がしっかりと出来上がっていたからだと思うよ。でも、夢二なんかは、決して上手《うま》いとはいえない。構図のセンスはずば抜けているけれど、それとてヨーロッパで生まれたアールヌーヴォーやアールデコの様式を巧みに模倣しただけだという人すらいる。夢二の代表作の『黒船屋』はデコ期のファッション誌でイラストレーターとして活躍したヴァン・ドンゲンの作品のパクリだと指摘する評論家の意見もあるくらいだし」。そう語ると、彼女は「ドンゲン？　そんな画家、いたっけ？」と首を捻《ひね》りました。「忘れ去られた流行画家だしね。じゃ、今度、少しだけれどドンゲンの作品が紹介されている本を持ってくるよ」。

　彼女は夢二や華宵などの他に、中原淳一《なかはらじゅんいち》、高橋真琴《たかはしまこと》などなどが好きで、アールデコよりもミュシャを代表とするアールヌーヴォーのほうが魅力的なようでした。彼女が僕にロリータのメゾンや宵待草のようなカフェを教えてくれる換わりに、僕は彼女に多くの画家や美術の知識を与えました。僕の父は今は商社に勤めているものの、美大で洋画を専攻していて、一時はギャラリーの運営に携わっていたそうです。ですから家には印象派からシュルレアリスム、ロココ、世紀末絵画、現代美術、浮世絵、叙情画、果てはポルノグラフィーとおぼしき写真集まで、様々な美術書の類いが山積みになっているのです。僕が中学、高校と美術部に在籍することとなったのは、物心ついた頃、既に父が僕を絵画教室に通わせていたに由来し、高校生らしからぬマニアックな絵に関する蘊蓄《うんちく》を有するは殆どが父からの受け売りでした。

僕はドンゲンのことが出ている『一九二〇年の画家たち』という本と共に、ウィリアム・ブグローの画集を、翌週、宵待草で彼女に貸しました。彼女は『一九二〇年の画家たち』よりも、そちらのほうに興味を持つと思ったからです。案の定、彼女はブグローに過剰な反応を示しました。

「この絵、私、大好きなの。雲に乗って、男のコの天使が女のコの天使の頬《ほお》にキスしている……。これってとっても有名でしょ。この絵がプリントされたピロケースとか、アンブレラとか、雑貨屋さんに行けば見付かるもの。でも、タイトルも作者の名前も、まるで解らなかったの。ブグローって人が描いたんだ」

「十九世紀、フランスでは、画家として認められるにはサロンに作品を出品し、入賞しなければならなかったんだけれど、そこでセザンヌやルノワールを落選させた画家なんだ。その絵は通称『キス』と呼ばれているけれど、『アムールとプシュケ』が正式なタイトル」

「セザンヌやルノワールを落選させるなんて、非道《ひど》くない？」

「彼らはサロンにとって全く新しい波だったからね。ブグローは当時、サロンで絶大な権力を持っていたから、それが可能だったらしいよ」

「こんなに可愛い絵を描くのに、そんなに嫌な人だったの。幻滅《げんめつ》しちゃった」

「そうでもないよ。確かにブグローは石頭だった。でも、彼が印象派達を受け入れなかったのは、古典主義こそが絵画における絶対であるという揺るぎない思い入れがあったからなんだ。彼は生涯、その主張を変えず、自らの手法を磨いていった。セザンヌ達と考え方は違ったとしても、絵に対して、自分に対してとことん厳しい画家だったんだ」

「うーん。納得いかないなー。でも、君がそうやって庇《かば》うなら、君に免じて赦《ゆる》してあげる」

この日、僕達はカフェを出た後、井の頭公園を散歩し、夕暮れ、人気《ひとけ》の少なくなった遊歩道で、初めてのキスをしました。彼女にソックスの件で話し掛けてから四ヶ月が経《た》った頃でした。告白なんてものはしないままに、相手にとって自分が、自分にとって相手がどのような存在になってしまったのかを口にすることもないまま、どちらから誘うでもなく、肩を寄せて路傍《ろぼう》のベンチに並んで座っていると、不意に会話が途切れて、沈黙が暫《しばら》く続いて、その沈黙が気まずいような、でも何かを語り合っているよりも通じ合っているような感覚を憶《おぼ》えた瞬間、そっと横顔を覗きみると、彼女もまたこちらを窺《うかが》うようにしていて……。まるで磁石が反応するかの如く、僕と彼女の唇は重なり合ったのです。柔らかな彼女の唇から伝わる仄《ほの》かな熱が、そっと天使が舞い降りる羽音みたく、僕の鼓膜に、身体に、心臓に、ときめき以上に深い安堵《あんど》感を与えてくれました。僕達は何かを確かめ合うように、ずっとそのままキスを続けました。まるで、二人がこれまで別々に歩んできた、出逢うまでの歳月を埋めようとでもするかのように。

「アムールって愛とか恋っていう意味でしょ。プシュケは心とか魂。憶えてる？　二人が初めてキスした時のこと。君は私にブグローの画集を観せてくれて、私はそこに昔から大好きだった『アムールとプシュケ』を見付けたんだよ。その後だったよね。いきなし君は、公園のベンチで私に——」

「それじゃ、僕が無理矢理にキスしたみたいじゃないか」

「そういう意味じゃなくて。私がいいたいのは、キスって、アムールとプシュケから成り立っているんだなーってこと。きっとあのファーストキスは、ブグローの描いた天使の絵がさせたんだよ。思わない？」

「どうかな」

「絶対にそうだよ。そうに決まってるんだもん」

マンションに着いて、とりあえず紅茶でもと、キッチンでお湯を沸かしながらポットにダージリンの茶葉をセットしている僕の背後に何時《いっ》の間にか近付き、彼女は僕の顔を覗き込むふうにしながら、そんなことをいいました。

「どうしたの、急にブグローの話なんて持ち出して」

「今日、ずっと借りてたあの画集、返そうと持ってきたから」

「借りたままでいいのに」

「だけど、君のものじゃなくて、画集は君のパパのものでしょ」

「まぁね。でも、うちの父親が取り急ぎ、その画集を必要とする事態が起こるとは考えにくい」

「それは、そうなんだけどね」

「自分が手元に置いておきたい蔵書は、オーストラリアに持っていったよ」

父は転勤の為、僕と母を伴ってこの荻窪のマンションに住居《すまい》を移しましたが、半年も経たないうち、一年間、会社からオーストラリアに行って欲しいといわれ、慌ただしく、日本を離れることになったのでした。一年したら戻れる約束だったので、父は単身赴任するつもりでしたが、カップラーメンの作り方すら知らず、蓋《ふた》すら開けぬまま、電子レンジに放り込んでしまうような人であるが故《ゆえ》、母は父についてオーストラリアに行かざるを得ませんでした。従い、僕だけがこのマンションに居残り、自活することになったのです。昼食は学食で済ませればいいし、夕飯は駅前まで歩けば定食屋かファミレスかファーストフードで賄《まかな》える。洗濯機の使い方も解る。掃除機の使い方も心得ている。いざ、一人暮らしを始めてみると、煩《わずら》わしい作業――決まった日にゴミを分別して出さねばならぬとか、クリーニングを自分で出したり受け取ったりしなくてはならないとか――は、ちょこまかとありましたが、さして困る事態には遭遇しませんでした。

ダイニングテーブルでダージリンティーを飲んだ後、僕達は寝室に行き、ベッドに傾《なだ》れ込むとセックスをしました。一人暮らしをしている高校生の男子に恋人がいたとしたなら、自分の家に招き入れ、ふしだらな行為にふけらない筈《はず》がありません。彼女とそのような関係を持ったのは、高校二年生になった去年の春、五月でした。ファーストキスの時と同じように、ごく自然に僕達は抱き合いました。お互い、そのような行為をするのは初めてでしたが、ですから実際にセックスをするまでにも何度か、そこに至ろうとして、途中で彼女が「やっぱり、無理かも」と怖《お》じ気《け》づき、出来なかったりもしましたが、僕達は焦《あせ》りはしませんでした。時期がくればちゃんと結ばれる。そう遠くない未来に。口にこそ出しませんでしたが、これは二人の暗黙の了解であり、確信でもありました。一度、乗り越えてしまえば、後はもう、愛しさと純粋な性への好奇心で、僕達は逢うと、セックスばかりしました。一日に五回することすら珍しくはありませんでした。

僕はセックスをした後、横向きになり僕の顎《あご》の下に顔を埋《うず》め、胎児のような格好で僕の片脚を両脚で挟んで、眼を瞑《つむ》る彼女の頭を抱き続ける時が、セックスをしている瞬間よりも好きでした。そうして全裸のままコンフォータに包まり、うつらうつらとしながら、たわいもないことを話しながら、互いの体温を交換し合っていると、まるで何人《なんぴと》にも侵されない繭《まゆ》の中で眠っているかの感覚を得られるのです。言葉で愛を表現しない二人でしたが、セックスを終えたこの特別な時計の針が静止した時空においては、何故だか臆面《おくめん》もなく素直に「好き」と、ストレートにいいあえるのでした。

全てが普段の延長線上でした。――のように思えました。が、違っていたのです。僕に身体を密着させながら「大好きよ」と囁《ささや》いた彼女はその後、「だけど、赦してね」と呟き、僕が頭に廻した手を振りほどき、俯《うつぶ》せになり眼を合わせることなく、必要以上に声のトーンを上げ、話し始めました。

「今日、逢ってすぐにいったでしょ。――私ね、後、一週間で死んじゃうの」

「それって、どういう意味?」

「どういうって――。そのままの意味」

「誰が、死ぬの?」

「だから、私」

「どうして?」

「どうしてっていわれても……」

彼女は困ったように口を尖《とが》らせ、肘《ひじ》を立て両の掌《てのひら》で頬を覆うようにすると、余りに突拍子《とっぴょうし》がないので、まるでクイズを出されたような気分になっている横の僕に眼を遣《や》りました。

「私の心臓が生まれつき、正常じゃないのはずっと前に教えたよね」

「うん」

「かなり珍しい心《しん》奇形で、右心房《うしんぼう》と右心室《うしんしつ》の間にある三尖弁《さんせんべん》という器官が生まれつき通常より狭くて未発達、その位置が通常の人より下にずれているの。血液が右心房に流れ込んできて満タンになると、右心房と右心室の間を隔《へだ》てていた三尖弁が開いて、右心室へと向かう。血液が右心室を満たしたら、三尖弁は閉じる。つまり三尖弁ってのはダムの堰《せき》みたいなもの。この三尖弁がおかしいと、血が右心室から右心房へと逆流しちゃうのよね。手術は可能なんだけど、私の心臓は、困ったことに右心房と左心房を隔てる壁にも穴が空いていて、更に心臓の弁の動きをコントロールする筋肉の力が極端に弱いから、手術をするにはかなりのリスクが伴うらしい。だから手術はしないで、これまでずっと、お薬を飲んですませてきた。幸《さいわ》い、三尖弁がそんなに下まで落ち込んでいなくて、右心房と左心房の間にある穴も小さいから、激しい運動をしたら息切れする程度の症状しかないし」

「そう聞かされて、心臓のしくみやその症状に関して、僕なりに医学書で調べてはみたんだけど、イマイチ、よく理解出来なかった」

「そりゃそうよ。本人も自分の心臓ながら、どうなってるのかよく把握していないんだもの。だから、君への説明も、若干、間違っているかも」

「だけど、無理をしなければ日常生活に支障はないんだろ」

「まぁね。一ヶ月に一度の定期検診を欠かしたこともなかったし。……それでもね、お医者さんからも、ママやパパからもよっぽど心臓を酷使しなければ大丈夫ってずっと聞かされてはいたんだけど、予感はあったんだよね。自分は、そう長く生きられない身体なんだっていう」

「思い込んでいるだけだよ」

「なら、良かったんだけど、やっぱりそうではなかったのよ。この前、私、学校を風邪で一週間、お休みしたでしょ」

「悪性のインフルエンザだったんじゃ?」

「なかったの。心配をかけたくなかったから、ママに君にはそう伝えておいて欲しいといったんだけど。家族で夕飯を食べていたら、急に息が出来なくなって、締め付けられるような、潰《つぶ》されるようなとんでもない激痛が胸にはしって、意識を失っちゃって、救急車で運ばれたの。それで、検査をしてみたら、三尖弁が異常に下まで下がっていて、左心房と右心房の間の穴も拡がっていて、おまけに心臓に血液を送る役割の三本の冠《かん》動脈の全てが、細くなってることが判明して。

倒れた直接の原因は心筋梗塞《しんきんこうそく》。冠動脈がそういう状態になるとね、血液が心臓にいかないから、心筋梗塞を起こす危険性が高くなるの。大体、冠動脈が細くなるのは、コレステロールを摂り過ぎたり、煙草を吸い過ぎたりすることから起こるものなんだけど、私の場合、弁が上手く機能しなかったり、穴が空いていたり、筋肉が怠《なま》けていたりする特殊な心臓を使って生きているでしょ。だから余り血液を送っては心臓に負担をかけちゃいますよって身体が勝手な判断を下して、冠動脈を塞《ふさ》いじゃったらしいの。倒れた時はね、左回旋枝って一番小さな動脈の閉塞が原因の心筋梗塞だったから、応急処置でことなきを得たんだけど、閉塞《へいそく》が左前下行枝という動脈だったら、即死していたかもしれないんだって」

「……」

「入院している間、あちこち調べられて、処置も考えて貰ったんだけれど、三尖弁の位置が急に下がったり、心房の穴が大きくなったのは仕方ないとして、どうして冠動脈が細くなったのかは、基本的にさっきいったみたいな推測しか出来ないし、通常は起こり得ないことだし、だから手術をしようにもしようがない、動脈の血液の流れを良くする薬は出すけれど、治療は不可能だって、お医者さんからいわれた。確かなのは、日増しに冠動脈が急速に細くなっていくってことだけ。何時《いつ》、心筋梗塞を起こしてもおかしくない。残念だけれども、後十日、生きていられるか否《いな》かと宣告せざるを得ないんだって」

冗談だろう。どうしていきなし、そんなに急に死ななければならないんだ。嘘だよね。嘘だといえ。僕をからかっているんだろ。確かに心臓に病を持っているのは聞かされていた。けれども、さっき、マンションまで僕の自転車の後ろに平気で乗り、何時も通り、セックスだってしただろ。僕は信じない。今、語ったことを鵜呑《うの》みになんてしない。倒れたのが事実だとしても、数日の命である筈《はず》がない。きっと医者は大袈裟《おおげさ》に語ったのだ。無理さえしなければ、もっと設備も技術もある病院で診《み》て貰えば。何とかなる。だって、だって、だって——。こんなにも元気じゃないか……。

僕の混乱を全て察しているかのように、彼女は僕の手を握り、静かに、しかしきっぱりとした口調でこういいました。

「私より、君のほうが辛《つら》いよね。だけど、現実を、受け入れて」

彼女の瞳は驚く程に澄んでいました。覚悟を決め、動揺も怒りも悲しみも乗り越えたものだけが宿す無垢《むく》で強い光が、その奥にはありました。それを悟ると、もう僕は、彼女が語ったことを否定する言葉を口にするが適《かな》いませんでした。

「ママもパパも、それなら心臓移植をしてくれとか、日本で出来ないならどれだけお金が掛かってもいいから外国で手術を受けさせるとか、執拗《しつよう》に食い下がったわ。だけれども、どんな名医であろうと、手術自体が不可能だということをお医者さんが根気よく説明してくれたお陰で、ようやく諦《あきら》めをつけられたみたい。まぁ、ママもパパも私には黙っていたけれど、何の問題もなく成人して、結婚して、赤ちゃんを産んで、お婆《ばあ》ちゃんになれるとは思うけれど、もしかすると、予期せぬ事態が起こる可能性もないとはいえないから、常に心の準備はしておいて下さいと、私が生まれてすぐにいわれていたっていうから、比較的スムーズに、現実と向き合えるようになったんじゃないかな。私は——何となく解ってたんだよね。自分がそんなに長く生きられないこと。でも、四十歳くらいまでは楽勝だと思ってた」

「どうして、すぐに話してくれなかったの」

「うーん。お医者さんから生きられて後、十日って教えられたのが、先週の木曜日でしょ。自分でその運命を承諾するまでに、やっぱり多少の時間が必要だったのよ。君にいうと、もしかして一パーセントは死なずにすむ可能性があるかもしれないのが、ゼロパーセントになってしまう気もしたものだから。で、今日になっちゃった」

「宵待草でいってくれれば、僕は心臓に負担をかける自転車での二人乗りなんてしなかったし、セックスも——」

「でしょ？　だから、敢《あ》えて今、打ち明けたの。何時も通り、君のマンションまで駅から自転車の後ろに乗せて貰って、何時も通り、セックスがしたかったから」

「大丈夫なの？」

「何が？」

「心臓に決まっているじゃないか」

「とりあえずはね。私ね、安静にして、心臓の顔色を窺って一日、一秒でも自分の人生を引き延ばすより、どうせ後一週間くらいしか生きられないのなら、多少のリスクを冒《おか》しても、楽しく毎日を過ごしたいなって。だからね、君にも協力して貰いたいんだ。無論、君はこんなことを聞かされて途方に暮れている真っ最中だろうけれど、出来るだけ早くそこから抜け出して、昨日までと同じように、絵の話をしたり、お買い物に付き合ったり、キスをしたり、セックスをして欲しい。それが私にとって一番、幸せな、充実した、カウントダウンの過ごし方だから」

「……頑張って、みるよ」

「うん。頑張ってみて」

彼女はそういって微笑《ほほえ》むと、僕にキスをし「そろそろ帰らなくっちゃ。ママとパパが心配するしね」。ベッドから起き上がり、下着をつけ、Innocent World のお洋服を纏《まと》いました。

「送るよ。タクシー、呼ぶから」

「だからぁ。いったばかしじゃない。普段通りにして欲しいの。また自転車の後ろに乗っけて、荻窪の駅まで走ってくれればそれでいいの。まだ電車はあるし、三鷹台まで一人で帰れるから」

僕は彼女を何時もそうするように自転車の荷台に座らせると、ペダルを漕《こ》ぎました。ゆっくりと、慎重に、可能な限り縦や横に振動を起こさぬよう気を付けながら。

駅の券売機で切符を購入した彼女は、改札の前で手を振りました。

「それじゃ、また明日、学校でね」

「学校、行くの？」

「当たり前じゃない。明日は平日だよ」

「それはそうだけど」

「あ、でも放課後の部活はサボる。明日、授業が終わったら、一緒にInnocent Worldに行こうよ」

了承し、僕は改札の向こうに消えていく彼女の後ろ姿を見送りました。マンションに戻り、僕は何を考えてよいのか見当もつけられぬまま、ダイニングテーブルの椅子に腰を下ろしました。テーブルの上には片付けぬままのティーポットとカップが二組、そしてブグローの画集が置かれていました。自分がもうすぐこの世からいなくなってしまうから、彼女は僕が貸した父の所有物である画集を返したのです。にわかに、厚い雲の向こうでぼんやりと鈍く観えていた月が隙間からその姿を現したかのように、彼女が死ぬというぼやけた近未来が輪郭を持ち始めました。

美術部に入って彼女に話し掛けたのは二〇〇三年の六月だった。キスをしたのは十月で、セックスは昨年の五月。そして今は二〇〇六年の一月。——出逢って、一年半しか経っちゃいない。キスをしてから一年と三ヶ月、お互いの身体を求め合って七ヶ月が過ぎたばかりだ。彼女に就《つ》いてまだまだ知らないことが僕には沢山《たくさん》あるし、これから彼女に語ろうとしていた僕の失敗談や自慢話も数え切れないくらい残っている。彼女の笑顔をもっと観たい。彼女の愚痴をもっと聞きたい。足りない。足りない。全然、足りない。どんなに急ごうが、たった一週間で、二人が共に心に焼き付ける為に用意された場所をあまねく廻ることなぞ出来やしない。なのに、どうして神様、貴方《あなた》は僕から彼女を取り上げてしまうのか。早過ぎる。もし、彼女の命のリミットが予《あらかじ》め決められていたのだとしたら、もっと昔に出逢わせてくれたってよかった筈《はず》だ。畜生——。

眠りも忘れ、僕はずっと朝が訪れるまで、彼女が口を付けたティーカップを眺め続けていました。

携帯電話のメールを授業中、こっそりと遣《や》り取りし、僕と彼女は六限目を終えたら、校門の前で待ち合わせ、そのままInnocent Worldのお店がある原宿に向かおうと約束をしました。先に校門に着いていた彼女は、何時《いつ》も学校に持ってくるシンプルな黒いスクール鞄《かばん》とは違う、Jane Marpleで前に買ったという大きめなユニオンジャック柄のトートバッグを肩に提《さ》げていました。

原宿に出る為《ため》、先《ま》ずは荻窪駅の構内に入ると、すぐに彼女は「一寸《ちょっと》、待っていて」と、小走りでトイレに駆け込みました。多分、二十分くらい経過したのではないでしょうか。ようやくトイレから出てきた彼女は昨日と同じ、クラシカルリボンジャンパースカートに着替えていました。Jane Marpleの大きなバッグには、ロリータになる為のお洋服が入っていたのです。バッグの中を覗《のぞ》き込むと、きちんと折り畳んだ、さっきまで着ていた制服が観《み》えました。

「ご免《めん》。時間が掛かっちゃって。駅の狭いおトイレでロリータさんのお洋服を着るのって、至難の業《わざ》だわ。かさばるし、こういうお洋服って、リボン結びの部分がやたらと多いから。——後ろの大きなおリボン、綺麗《きれい》な蝶《ちょう》結びになっているかな?」

「大丈夫だよ」

「ジャンスカと、羽織っているケープと靴は昨日のやつだけれど、ブラウスとヘッドドレスは替えてあるんだよ。ブラウスは、クラシカルスタンドカラーブラウスっていうの。襟《えり》に付いた大きいおリボンが、可愛いけどフォーマル感を出しているでしょ。こういうテイストのものはInnocent Worldにしかないのよね。ジャンスカを着てるから観えないけど、後ろも編み上げになった凝《こ》ったデザインなんだから。本当は生成《きな》りが欲しかったんだけど、売れちゃって、白しかお店にはなくて。このピンクのヘッドドレスは大きな白い薔薇《ばら》模様の鍔《つば》付き。こうやって鍔を少し立ち上げて、ボンネットみたくすることも出来るの。ついでにいえば、ピンクの王冠と百合《ゆり》の紋章が交互にあしらわれたこの白いオーバーニーも、Innocent World」

「何時、買ったの?」

「だから、一昨日《おととい》。昨日着ていたお洋服以外にも、いろいろ買っちゃったんだ」

「それじゃ、今日行っても、もう買うものがないんじゃない?」

「と思ってね、お買い物をする快感を一度に味わっちゃ勿体《もったい》ないから、欲しいけど我慢したものも、一杯あるの」

中央線で新宿、山手線《やまのて》に乗り換えて原宿駅へ。表参道を歩き、ラフォーレ原宿を左に曲がり、明治通りを少し直進すると、彼女がお目当てのInnocent Worldの直営店が入った白いビルに辿《たど》り着きます。ビル自体はニュートラルな雰囲気でしたが、一階の左には「芸能人多数来店」と大袈裟《おおげさ》に謳《うた》ったタルトのお店、右には赤い縁の大きな窓越しに愛想のよい外国人が姿を覗かせたBLTサンドでもベーグルサンドでもなさそうな不思議なテイクアウトのサンドウィッチを売っているお店が入っていて、おまけにエントランスの上にはデカデカと「古着屋390円均一」と書かれた安っぽい看板が据え付けられていたもので、とても彼女がいうところのお姫様というよりもお嬢様なお洋服を扱うショップの直営店が入っているようには思えませんでした。

しかし、確かにそのビルの七階にInnocent Worldはありました。エレベーターが開くと、先ず、壁に繊細な薔薇の模様のクロスと縦縞《たてじま》のクロスが組み合わせて貼られた小さなエレベーターホールが現れます。それを眼にした途端、僕は魔法に掛けられたかの如《ごと》く、一階のインチキ臭い外国人のことも、「古着屋390円」という看板の存在も忘れてしまいました。

左手のマホガニーブラウンの縁に硝子《ガラス》が嵌《は》め込まれた扉をゴールドの把手《とって》を廻《まわ》し店内に入ると、デコラティヴながらも清楚《せいそ》で、キュートにしてノーブルな異空間が出現しました。床には落ち着いた赤色の絨毯《じゅうたん》が敷かれ、白い壁、そして窓に掛けられたエレベーターホールのものとは異なる白地に薔薇模様のカーテンが、それぞれの個性を活かし合いながら共存しています。決して広くはないスペースであるのに、商品であるお洋服は壁際のポールに殆《ほとん》ど収められているので、ショップというよりはゲストルームのよう。最も僕の眼を惹《ひ》いたのは、部屋の左奥にあるレジカウンタでした。前面には四人のルネサンス調の天使が描かれた横長の大きな絵がゴールドの額に嵌め込まれ、据え付けられています。レジの後ろは広い窓。窓にはやはり薔薇柄のカーテンが掛けられているのですが、ドレープを作りながら左右に開かれ、その背後に垂らされた透過性のあるレースのカーテンを観せる為、タッセルで固定してあります。窓が少し開いているのか、空調の流れがそうさせているのかは定かではありませんでしたが、レースのカーテンは、風の流れを受け、店内に程良い音量で流れる室内楽とシンクロしているみたく優雅に揺らめいていました。

「いいお店だね」

「棲《す》みたくなっちゃうでしょ」

彼女はそういいながら、早速《さっそく》、あれやこれや、商品を吟味《ぎんみ》していきました。沢山《たくさん》のお洋服が掛けられたポールからハンガーごと一着のワンピースを外し、前を向けたり後ろを向けたりを繰り返していたかと思うと、ヘッドドレスやボンネットが並べられたコーナーに移動し、何かをじっと考え込んでいる険《けわ》しい表情を浮かべ、次にコートが並ぶ棚へと移動する。そしてコートを選んでいた癖《くせ》にまた、さっきのワンピースの許《もと》に引き返す。彼女の表情は真剣そのものでした。しかし真剣ながらも、商品を手に取る度《たび》、口元はほころび、眼は嬉《うれ》しくて暴れ出してしまうのではと心配になるくらい爛々《らんらん》と輝くのです。

「ご試着、なさいますか」

彼女と同じように全身、Innocent World の店員さんが、丁寧な口調で彼女に話し掛けます。

「えーっとね。このジャンスカは、もうこの前着た時から、今度買うって決めていたの。で、問題はこっちのワンピースなのです。今、着てるジャンスカと、デザインが似ているでしょ」

「そうですね。お召しになっているのがクラシカルリボンのジャンスカで、こちらはスクエアーネックワンピースとなります。切り返しの二枚重ねという点で確かに同じようなイメージかもしれませんが、あくまでワンピースですので、ジャンスカよりはフォーマルですよね。袖《そで》は姫袖で、胸の部分はシャーリング仕様の編み上げになっています。トーションレースも使っていますが、この縁取りはブレードを用いたものです。ブレードをアクセントにしているというのは、なかなか珍しいのではないかと」

「そう。姫袖と、この縁取りが、どうにも諦《あきら》めさせてくれないの」

「今、着ておられるのがピンクですから、違いを出したいということでしたら、グリーンとか、ショコラになさってもいいと思います。黒もございますけれど」

「黒は、嫌《いや》だ。せっかくInnocent Worldなんだから。緑が一番可愛いと思ってはいるんだけど、私、まだロリータさんデビューして間《ま》がないから、コーディネイトに頭を悩ませてしまうのです」

「基本的には、ピンクかホワイトがお好みでしょうか。宜《よろ》しければ、ピンクとグリーン、両方、ご試着頂いて」

「そうだなー。そうですね。じゃ、ついでにこれは決まりなジャンスカも」

「プリンセスローズジャンパースカートですね。お色は如何《いかが》しましょう？」

「それは絶対に、ピンク」

まるで僕が一緒であることを忘れてしまっているが如く、彼女は三着のお洋服を手に持った店員さんに促《うなが》され、扉が鏡になった試着室へと入っていきました。暫《しばら》くして出てきた、スクエアーネックワンピースの彼女は、「これがピンク」と僕にいい、またすぐに試着室へと戻ります。そして今度は、グリーンの色違いを着て登場。首を傾《かし》げ僕に訊《たず》ねました。

「さっきのと、こっちとどちらが似合うと思う？」

深いグリーンのワンピースを纏《まと》った彼女は、まるでヴィクトリア朝の頃、ブルジョアの家庭に生まれ育ったやんごとなき少女のように僕の眼に映りました。下が大きなリボンがアクセントとなったブラウスであるから、尚更《なおさら》、そう感じられたのかもしれません。

「ピンクも悪くないけど、こっちのほうがいいと思うな」

「そうかな。そうだよね。だけど、これを着るとなると、同じ色のボンネットじゃないと、収まりが悪くない？　緑のボンネットを買ってもいいんだけど、緑のボンネットってこのワンピースの時にしか被《かぶ》れなくない？」

「ボンネットはホワイトのものでも、合いますよ」

彼女と僕との会話を聞いていた店員さんはそういうと、同じ形の白とグリーンの二つのボンネットを持ってきて、彼女に手渡しました。ヘッドドレスを外し、彼女はグリーン、白と交互にそのボンネットを被り、試着室の鏡で自分の姿を確かめました。

「本当だ。白でも違和感ない。っていうか、緑より白を併《あわ》せたほうが、すっきりして観えるな。気のせい？」

問われた僕は、頷《うなず》きます。

「じゃ、決めた。ワンピースは緑で、ボンネットは白を買う。でもこのボンネットじゃなくて、白なら鍔《つば》の裏側に薔薇模様のレースがどっさりと付いたのがいい。生成りもあったのだよね。白より生成りかな。ええと、そこの棚の二段目に置いてある――。そう、それです」

店員さんにお目当てのボンネットを取って貰《もら》うと、彼女は白のボンネットを頭から外し、すぐさまそれを試しました。

「生成りは人気で、その商品が最後の一点になります」

「そうなんだ。ほら、観て。この鍔の拡がり方。とても可愛いのです。お人形さんのようなのです」

僕にいっているのか、店員さんにいっているのか解《わか》らねど、彼女はボンネットの紐《ひも》を首の後ろに廻して結ぶと、今度は扉の左に掛けられたゴールドの縁取りの鏡の正面に立ち、ぴょんぴょんと、頑是《がんぜ》無《な》い幼児が如く、その場で軽いジャンプを繰り返しました。そして、振り返り、背後に立つ店員さんにいいました。

「このボンネットと、ワンピース、それと薔薇のジャンスカを下さい」

「薔薇の――。プリンセスローズジャンパースカートでございますね。あちらはご試着なさいましたか」

「うん。試着室に入って一番最初に。薔薇のジャンスカは、似合おうが似合うまいが、絶対に欲しかったから、わざわざ外に出て、誰の意見を聞く必要もなかったの」

「では、お包みしますので、また試着室にお願いいたします」

お店に入ってきた時の格好に戻った彼女は、鞄から財布を出し、レジに向かいました。「合計で、六万二百七十円になります」。財布から彼女は一万円札六枚と千円札一枚、そして茶色い二つ折りの紙のカードを取り出し、店員さんに差し出しました。釣り銭とレシートを彼女に手渡した店員さんは、茶色のカードを開き、そこに黒い王冠のスタンプをどんどんと捺《お》していきます。

「スタンプが一杯になりましたので、五千円分の商品券を差し上げますね。それと、まだスタンプが捺せますので、新しいカードをお作りさせて頂きます」

「はーい」

購入したお洋服が入ったInnocent Worldのロゴと薔薇のレースの図柄が白でプリントされた

黒地の紙袋を、Jane Marpleの鞄と共に左肩に掛け、彼女は「有《あ》り難《がと》うございました」、頭を下げ出入り口まで見送ってくれた店員さんに「こちらこそ、有り難うございますです」と頭を下げ返し、僕を伴い明治通りに出ました。先程までもの静かでエレガントな一室にいたせいでしょうか、雑然とした原宿の喧騒《けんそう》と街並みがとてつもなく穢《きたな》らしいものに感じられました。

「長い時間、いたね」

「何時？」

「六時」

「お店に入ったのって、四時くらいだっけ」

「多分ね」

「あのお店に入ると、時間を忘れちゃうんだよね。君、退屈だった？　そういえば、私、お店で変なことといっちゃった」

「何かいったっけ？」

「ほら、ボンネットを被った時。鏡に映った自分の姿を観て、可愛いのです。お人形さんのようなのです。――って」

「実際、可愛くて、冗談抜きで、本当に西洋人形みたいだったよ」

「でも、自分でそんなこという？　わー、嫌だなー。あそこの店員さんは優しいから受け流してくれたけど、後で笑われてるかも。もうあのお店に行けないよ。……と、いいながら、また行っちゃうんだけど。私のお買い物は済んだから、次は君の行きたい処《ところ》に付き合うよ。MILK BOY に行こうか」

「否《いや》、今日はいいよ。それより疲れてない？」

「うーん、少しだけ」

「それじゃ、お茶しようか」

「賛成」

「何処《どこ》がいい？」

「そこのスタバでいい」

僕達は Innocent World の入ったビルの並びにあるスターバックスコーヒーに入り、共にアイスラテを注文しました。席に座り、ラテを飲み始めると同時に彼女は紙袋を開き、包装して貰う際、店員さんが「新作の案内、入れておきますね」と差し込んだB5サイズの両面が手書き文字とイラストで埋め尽くされたペーパーを、食い入るように読み出しました。

「わー、この音符の絵がスカートの部分にあるプティシアンワンピースって、欲しい気がする。襟にも音符の刺繍《ししゅう》が入るんだ。間違いなく、可愛いよね。色はピンクがいいなー。あ、でもダメだ。二月二十八日、入荷って書いてある。私、もうこの世にいないじゃん」

余りに素《そ》っ気無《けな》くいうもので、つられて「それじゃ、お取り置きをしておけば」と返しそうになる程でした。ですが、打ち明けられた通り彼女の心臓の具合は、時を追う毎《ごと》に、どんどんと悪化していたのです。それを身につまされたのは、お店を出ようと僕が二人が飲み終えたラテのカップをダストボックスに捨てに行き、席に戻ってきた時でした。

彼女は身体を屈《かが》め、左手を胸に押し当て、右手でテーブルの端を強く握り締めていました。店内は暖房が効き過ぎ汗ばむくらいで、先程までの彼女の頬《ほお》は暑さのせいか、Innocent Worldで買い物をしたばかりで興奮していたのか、火照《ほて》り、赤らんでいたのに、すっかりと蒼醒《あおざ》めていました。対処の仕方が解らず――否、咄嗟《とっさ》過ぎて何も考えられなかったというほうが正しいだろう――声すら掛けられなかった僕は、苦痛に襲われている彼女の前に立ち尽くすしかありませんでした。彼女が少し顔を上げました。か細い、しかし実に不吉な息の音《ね》が、紫に変色し、震え続ける唇の隙間《すきま》から聴こえました。左手を胸に当てたまま、彼女は右手で空いていた横の席に置いたJane Marpleのバッグを摑《つか》み、テーブルの上に中身を全てぶちまけました。ブレザー、襞《ひだ》スカート、簡素な白いブラウス、黒いローファーのシューズ、教科書、ノート、携帯電話、キティちゃんのポーチ……。散乱したそれらの中から彼女は、白い紙袋を探し当て、大量の銀色のシートや半透明の包みを出します。四種類のシートから様々な形状の錠剤を取り出し口に含み、五百ミリリットルのVolvicのペットボトルの蓋《ふた》を開けて飲み込むと、次に似てはいるけれども違う三種類の包みの封を開き、顆粒《かりゅう》をまたペットボトルの水で喉《のど》の奥に流し込みました。量が多くて錠剤、顆粒を二回に分けて飲んでも食道に詰まる感触があるのか、彼女はそれからも数回、間隔を空けながらペットボトルに口を付けました。やがて、こわばった表情がやわらぎ、頬に血色が戻ってくると、彼女はまだ左手を胸から放せないものの、右手でちらかしたテーブルの上のものをバッグに直しながら、照れ臭そうに、眼の前の僕を見上げ、舌を出しました。

「恥ずかしい処、観られちゃったな」

「無理しなくても……」

「お薬、飲んだからもう平気」

「本当に?」

「本当だよ。でも後もう少しだけ、座っていていいかな。まだ歩くのが難しいから」

「平気じゃないじゃないか」

「後、五分もすれば元気になるよ」

「何もいわなくていいから……。それに、片付けは僕がやる。じっとしていて」

「嫌だよ、介護されてるみたいじゃん。心臓がね、バクバクしなくなったら、すぐに立ち上がれるから。——そんな心配そうな顔で、観ないの!」

喋《しゃべ》らせまいと僕が応《こた》えないでいると、その沈黙こそが心臓の痛みよりも辛《つら》いとでもいうかの如く、テーブルの上を片付けようとする僕の手をぱしんと軽く叩《たた》き、彼女は全ての薬を素早く袋に入れ、制服を片手だけで器用に畳みながら、早口で話し続けました。

「今みたく、発作が起こる前には、軽い違和感を心臓に憶《おぼ》えるの。地震の予震《よしん》、みたいなものかな。だからそれを感じたら飲みなさいって、お医者さんから貰っているお薬があるの。そのうち、お薬を飲んでも抑えられなくなるらしいけど。余りの薬の量に君が驚くといけないから、昨日も今日も、見付からないようにこっそりと飲んでいたんだけれどね。さっきも、君がゴミを捨てにいった時、あ、来るな——って発作の前兆があったから、慌ててバッグを持っておトイレに駆け込もうとしたんだけれど、間に合わなくて。でも、お薬を飲めば、今のところ、すぐに元通りになるんだよ。だから君は慌てたり、大袈裟に考えなくていいの。ほら、こうやっているうち、唇の色も元に戻ってきた筈《はず》。さっきは、紫になってたでしょ。恐かったでしょ。紫の唇……。ゴシックロリータなら紫の唇でも構わないけど、私はホワイト系だし。やっぱ、唇は仄《ほの》かにピンクじゃなきゃ。チアノーゼっていうんだって。血液の酸素が足りなくなったら出る症状らしいんだけど、私の場合は冠《かん》動脈が心臓に血を送らなくしてしまうから、それが出ちゃうの。——あー、カッコ悪かった。以降、気をつけますから、先程の失態は忘れてね」

僕をなだめるかの如く彼女は微笑《ほほえ》み、おどけて両手を合わせました。

何がカッコ悪いものか。失態なものか。心臓が停止する寸前だったんじゃないか。薬を飲むのがもう少し遅れたら、もしかすると、取り返しのつかない事態が起きてしまったかもしれないのだろう。お願いだから、もう強がるのは止《よ》して欲しい。泣き叫んで縋《すが》っておくれよ。ヒステリックに八つ当たりしておくれよ。自分を憐《あわ》れみ、無理難題をいってくれ。僕のことなぞこれっぽっちも気遣《きづか》わなくていいんだ。僕は救いの手を差し伸べる術《すべ》も持たないし、不安を和《やわ》らげる方法すら思い付けない。だから、こんな苦しみを味わうのは僕のせいだと責めて構わない。罵《ののし》って構わない。そうすれば僕は何時《いつ》までも頭を床に擦《こす》り付け、謝り続ける。殴れ、渾身《こんしん》の力で、この僕を。唾《つば》を吐き、馬鹿にしろ、何も出来やしないこの木偶坊《でくのぼう》を。もう、笑顔などいらない。おどける必要なんてない。いっそ無力な僕を憎んで下さい。罰して下さい——。さもなくば……。

僕の胸中の叫び声をまるで一言一句、聞き取ったかのように、急に真面目《まじめ》な面持《おもも》ちになり、彼女はいいました。

「責任、感じたりしてる?」

「……」

「私が発作を起こしたのに、見守るしかなかった自分が歯痒《はがゆ》い?」

「……」

「私が、無理して明るく気丈《きじょう》に振る舞っていると思っているんでしょ」

「だって、そうだろ」

「そうだよね。そう思っちゃうよね。私も君の立場だったら、もっと甘えられたいし、頼りにして貰いたいと葛藤《かっとう》するに違いないし。役立たずな自分に憤《いきどお》りを感じると思う。でもね、違うんだよ。君はとっても役に立ってくれているし、何ていうのかなー、君がこうして一緒にいてくれるからこそ、私は後、数日の命だって現実に対して前向きに向かい合えているの。もし、君がいなかったら、私、きっと、どうしていいのか解らずに毎日、只《ただ》、泣いてばかりいたんじゃないかな」

「些細《ささい》なことでもいいんだ。僕が手助け――なんて出来やしないんだけど、こうして二人でいる時、何かサポート可能な部分があれば、遠慮せず教えて貰いたいんだ」

「それは、心臓に関してでしょ」

「勿論《もちろん》。何かしらあるだろ」

「残念ながら、ない」

「どうして?」

「どうしてって。――そんなこと訊《き》かれても、困るよ。だって、病気や怪我を治療するプロフェッショナルなお医者さんから、どんな処置を施《ほどこ》しても、発作が起きそうになったらお薬で誤《ご》魔化《まか》すしかなくて、何時死んでも仕方ないって告知されているんだもん」

「奇蹟《きせき》が起こせないとも限らない」

「あー、ダメだよ。藁《わら》にも縋《すが》る思いで、そっちに行っちゃ。うちのママもお医者さんからなす術がないって聞かされて、信心さえあればどんな病も治りますっていう触れ込みの二百万円もする変な壺《つぼ》、買いかけたんだから」

「それじゃ、僕は……」

「今まで通りにしていてくれればいい。でも生きているうちにやれることはやっておきたいから、昨日いった通り、多少の我儘《わがまま》には付き合ってね」

「何が、したい？　どんな我儘もきくよ」

「それが、まだ、告知が急だったから、はっきりとしないのよね。ともかくロリータさんデビューという目標は達成した訳《わけ》だけれど。ディズニーランドに行くとか、タカノフルーツパーラーで全メニューを制覇するとかいろいろ考えてはいるんだけれど、遺《のこ》された時間をそんな行為にあてるのは、勿体ない気がして。そのうち、思い付くだろうから、一寸《ちょっと》、待ってて」

「解った」

彼女は僕が頷くと、携帯電話で時間を確かめ、今夜はママとパパと家で夕飯を食べる約束をしたからと帰宅する旨《むね》を僕に伝えました。

また原宿駅まで歩き、山手線に乗り、新宿から中央線に。本来なら荻窪駅で僕は降りるのですが、発作を起こした彼女が無事に家に戻れるかどうかがどうしても気掛かりだったもので、吉祥寺まで行き、そこから井の頭線で三鷹台駅、下車して彼女を家の前まで送ることを、そんなことをしなくていいと言い張る彼女を諌《いさ》め、了承させました。

もうすっかりと日の暮れた三鷹台の閑静な住宅街を、僕達は手を絡《つな》いで歩きました。荷物が重いだろうから持つというと、彼女は Jane Marple のバッグだけを僕に託し、Innocent World の紙袋は渡しませんでした。

「今夜の献立《こんだて》は決まっているの?」

「カレーライス」

「また、カレー?」

「お外で食べるカレーもいいけど、うちのママの作るカレーライスも美味《おい》しいんだから。何が食べたいって訊かれたから、そうリクエストしたの」

「ママは、がっかりしたんじゃないかな」

「うん。天麩羅《てんぷら》とか、お寿司とか、しゃぶしゃぶとか、そういう応えを期待してたみたい。でも、カレーがいいんだもん」

「明日も、学校、行くんだよね」

「行くよ。明日は放課後、何、しようかな。とりあえず、四限目が終わるまでには、メールするね」

そんなことを話していると、彼女の家に着いてしまいました。

「わざわざ送ってくれたし、お茶でも飲んでいく？　それとも一緒にカレーを食べる？」

「ママとパパは家族水入らずで過ごしたいだろうから、止しておくよ」

そういって Jane Marple のバッグを手渡すと彼女は「有り難う」といい、自宅の玄関の前であるにも拘《かか》わらず、僕にキスと抱擁を求めました。

「マズいよ。家の前だし」

「構わないよ。ママもパパも君が私と付き合ってるのは知ってるし」

「知っていても、娘がキスしている現場を目撃したら、いい気はしないよ」

「さっき、スタバでどんな我儘もきくっていったのは君だよ」

僕は彼女を抱き締め、その唇に軽く唇を合わせました。キスを終えると彼女は真剣とも軽口ともいい難《がた》い不思議な口調で、そっと僕に訊ねました。

「ねぇ、神様っているのかな」

応えられずにいると、彼女は「変なこと訊いてご免」と照れたように笑い「じゃ、また明日」、手を振ります。

彼女が家の中に入るのを確認し、僕は駅への道を引き返しました。

いるものか。神様なんて。いるとしたら、神様、貴方《あなた》はとっても役立たずだ。僕はこの世界から飢餓《きが》をなくせとか、永遠の命を授けろとか大それた願いをしている訳ではないのだから。一人の平凡な、すき焼きよりもカレーを選ぶ無邪気な少女の心臓の病を、完治させずとも、急速に悪化させないでくれと頼んでいるだけなのだから。それくらいのちっぽけな奇蹟すら起こせないのなら、神様、貴方は僕以上に無力な木偶坊《でくのぼう》だ。

こうして火曜日は終わっていったのです。


水曜日、彼女は学校に来ませんでした。約束した携帯電話へのメールは昼休みになっても来ず、こちらから送信しても返信はなし。妙な胸騒ぎがして僕は、五限目の予鈴が鳴っているにも拘わらず、彼女の教室へと向かい、クラスメイトに彼女が朝、登校してきたか否《いな》かを訊《たず》ねると、誰も姿を観《み》ていないという応《こた》えが返ってきました。彼女が休んでいる理由を知っている者はおらず、僕は病状がにわかに悪化したのかも――という不安を抱《いだ》きながら、しかしそれを確かめる方法を持たないので、苛立《いらだ》ちながらも自分の教室に引き返し、午後からの授業を受けました。

彼女からメールが入ったのは、六限目の化学の時間の途中でした。「学校終わったら宵待草までこない?」という短い着信メールを確認すると、安堵《あんど》と共に彼女に対する憤《いきどお》りが込み上げてきました。生徒に背を向け、白衣姿の背の低いがボディビルダーのような体付きの口の廻《まわ》りに髭《ひげ》をたくわえた先生が、黒板に向かいチョークで「これは基本だから、必ず憶《おぼ》えておくように」といいながら、化学式をどんどんと書いていきます。生徒である僕らはそれをノートに必死で写します。この先生は化学を教えている癖《くせ》に剣道部の顧問で、私語をしているとすぐに左手に握り締めている竹刀《しない》を机の上に振り下ろし、威嚇《いかく》するので、生徒は常に静かに従順に授業を受けます。しかし、先生に見付からないよう着信メールを読み終えると、僕はいてもたってもいられなくなり、その場で、今、送信してきたのだから電話が絡《つな》がる筈《はず》と、彼女に電話を掛けてしまいました。

「今、何処《どこ》にいるの? 身体は、心臓は?」

「家にいる。全然、平気だよ」

顔は観えないけれども、特に何時《いつ》もと変わりない彼女の声が聴こえました。

「どうして学校にこなかったんだよ」

「あー、悪い。あのね、今日、午前中にね、心臓の悪化具合を診《み》て貰《もら》う為《ため》に、病院に検査しに行くこと、すっかり忘れていたの。でも、お昼には学校に出られると思っていたから、連絡しそびれちゃった。それに、ほら、病院の中って携帯電話、禁止でしょ」

「で、本当の本当に、容態が急変したとか、そんなのじゃないんだね」

「いたって普通。ねぇ、今、授業中でしょ。電話はヤバいんじゃないの。検査が長引いたお陰でもう学校に行っても仕方ない時間になっちゃったから、私、宵待草で待ってるね。学校が終わったら来てよ。昨日買った、薔薇《ばら》模様のジャンスカと緑のワンピース、どっちがいい？」

彼女の呑気《のんき》な口調に、僕は無意識、立ち上がり、電話を耳にあてたまま大声をあげていました。

「心配したじゃないか！　病院が携帯禁止でも、もっと早く、メールくらい何処かで出来ただろ！」

クラスメイトも先生も一斉に、手を止め、何事かと僕を凝視しました。周囲のざわついた様子が聴こえてとれたのでしょう。彼女は「それじゃ、後でね」、電話を切りました。ようやく僕は自分の授業中であるを無視した言動に気付きました。その刹那《せつな》、緊張の糸が途切れたのでしょうか、涙が溢《あふ》れ出し、止まらなくなってしまいました。我慢しようと思っても、鼻水をすっても、涙はポタポタと拡げた教科書やノートの上に落ちます。髭をたくわえたボディビルダーの身体を持つ先生が、竹刀で床をコッコッと叩《たた》きながら僕の席までゆっくりと近付いてきました。殴られるのだろうな……。しかし先生は僕を眼の前にすると、厳《おごそ》かな声で「座れ。ついでに鼻も擤《か》め」とだけいうと、何もなかったかのように黒板に戻っていき、授業を再開しました。

授業終了のチャイムが鳴り、部活の支度《したく》にすぐさまかかる者や、仲の良い友達の許《もと》に駆け寄っていく者達の声で教室が独特の活気で色付き始めると、竹刀を肩に担いだ先生が教壇から、改めてこちらに向かってきました。今度こそ、さっきの件で怒られるのだと、僕が身を竦《すく》めていると先生は、僕の耳元で囁《ささや》きました。

「俺の授業中に電話とはいい度胸だったな」
「すみません」
「今度、同じようなことをしたら、即座にこの竹刀が飛んでくるぞ」
「はい……」
「しかし、自分の為ではなく、人の為に必死になれる、場所柄もわきまえず泣けるのは、悪いことじゃない。だから今回は、特別に訳《わけ》も訊《き》かないし、叱《しか》りもしない。――お前には、大事な人がいるようだな。男なら、守り切れないと解《わか》っていても、最後まで守ることを放棄するなよ。必死に抵抗し、もがけ」

そういうと髭をたくわえたボディビルダーの身体を持つ先生は、教室を出て行きました。

宵待草に到着すると、彼女は生成《きな》りの胸元に二段のフリルと茶色いリボンタイが付いた立ち襟《えり》のブラウスの上から、買ったばかりのドレープのスカート部分が幾重《いくえ》にもなった裾《すそ》にかなり幅があるトーションレースが付けられた、薔薇模様のジャンパースカートに、白のオーバーニーとやはり白のワンポイントでリボンがあしらわれたストラップシューズ、頭にはリボンの形をした白のヘッドドレスという姿で、ジャスミンティーを飲みながら窓際の席に座っていました。

「さっきは、怒鳴ったりして、ご免《めん》」

「いいの。私が連絡を怠《おこた》ったのがいけないんだから。それよか、先生に怒られたでしょ。何の授業だったの」

「化学」

「ってことは、あの先生?」

「あの先生」

「うわー。竹刀で頭、殴られなかった?」

「何故《なぜ》か、殴られも怒られもしなかった」

「あの先生、気性がサバサバしてるから私はわりかし好きなんだけど、とりあえず、おっかないんだよね。うとうとしてたら、竹刀で頭、叩かれるし。昔、剣道で国体までいったんでしょ。でも元素記号とか、周期表を教えるのに、どうして竹刀が必要なんだろーね」

僕は自分が泣いてしまったこと、そして化学の授業をする時、常に竹刀を片手にしている先生が授業の後、僕にいったことなどを彼女に報告するのを止《よ》しました。

「それより、今日はどうする？　また Innocent World に行く？」

「流石《さすが》に幾ら好きでも、三日連続で Innocent World には行かないよ。カレーも四日間、食べると飽きるしね」

「四日連続、カレーだったことがあるんだ」

「高校に入って暫《しばら》くした頃ね。何時も私はママがお弁当を作ってくれるから学食って使わないんだけど、ママが風邪を一週間、ひいた時があってその間ずっと、お昼、学食だったの。それで、毎回カレーライスを食べてたら、五日目、大好きな筈《はず》のカレーが欲しくなくなっちゃって」

「そりゃそうだよ」

「だけど、四日までなら、毎日カレーでも問題ないよ。——と、そんなことはどうでもよくて、また、今日もまだ何もいってくれてない」

「何？」

「お洋服に決まってるじゃん！　スカートを綺麗《きれい》に膨《ふく》らませる為に、パニエ、四枚も重ねてるんだよ。緑のワンピースにしようかどうか迷ったんだけどね、あれはとっておきの日まで取っておこうと思って、今日はこれにしたの」

「素敵だよ」

「またテキトーなこといってる。もう少し気の利《き》いた誉《ほ》め方、ないのかなぁ」

Innocent World で着飾った彼女は、とてもロリータさんデビューをしたばかしには観えなく、そのお洋服を見事に着こなしているは明白でした。が、いざ、誉めろといわれてもどういうふうに誉めていいのか、さっぱり見当が付かなかったのです。きっと、でもそれは言い訳で、この頃の僕は、Innocent World が似合う彼女よりも、Innocent World を着ることによって生き生きとし、微笑《ほほえ》む彼女に今まで以上の愛《いと》おしさ、可愛らしさを感じていて、それをどう表現していいのかが解らなかったのだと思います。彼女よりも上手に Innocent World を着ることの出来る女のコは大勢いるでしょう。華奢《きゃしゃ》な金髪碧眼《へきがん》のモデルさんが袖《そで》を通せば、妖精と見紛《みまご》うばかりとなるでしょう。けれども、Innocent World に身を包む時、これ程までに心が輝く女のコなんて、滅多《めった》にいない筈です。僕には Innocent World のお洋服が、彼女に私を選んでくれて有《あ》り難《がと》うといっているような気すらしていました。

僕は彼女の容姿を賛美する代わりに、言葉を探しあぐね、こんなくだらない質問をしてしまいました。

「この格好で、病院に行ったの?」

「そう。学校以外ではずっとロリータさんでいたいから。ロリータさんって、ファッションなんだけど、その前にライフスタイルだと思うのね。だから、お出掛けの時だけロリータさんでは、本当のロリータさんにはなれないと思うの。外で幾らロリータさんを気取ってみても、家に帰って速攻、ジャージに着替えていたら、そんなの偽物《にせもの》でしょ。私、ロリータさんデビューしてから、部屋着もロリータさんじゃなくっちゃって、MILKやJane MarpleのキャミやカットソーにInnocent Worldのドロワーズで過ごしているんだよ。お風呂から上がったら、ANGEL BLUEで見付けたバスローブに着替えるの」

「徹底しているね」

「これまでロリータさんになりたくてもなれなかった期間を、限られた日数で克服しないといけないから。まるでずっとエスカレーター式の学校に通っているから大学まで、勉強しないでも行ける筈だったのに、そうはいかなくなって、慌てて受験勉強を始めたみたいなものかな」

彼女はそういうと、ピンク色の『不思議の国のアリス』の兎《うさぎ》のイラストがプリントされたトートバッグの中から、Volvicのペットボトルと白い紙袋を出し、前日と同じように袋の中に入っていた大量の薬を口に含み、それをミネラルウォーターで飲み込みました。

「また、発作が……」

「予兆が、来たから。昨日みたく、君の前で失態を曝《さら》したくないし。これだけ大量のお薬を飲まなきゃいけないのは既《すで》にバレちゃったし、もうこれからは君に隠れてお薬を飲むのは止そうと思って。――さ、行こうか」

彼女は立ち上がり、襟と袖口が暖かそうなファーで仕立てられているケープの付いたアイボリーのロングコートを羽織りました。

「何処《どこ》、行くの?」

「私の家。昨日ね、君、家の前まで送ってくれたじゃない。そのことをね、夕飯を食べながら、ママとパパに話したのね。そうしたらせっかくなんだし、一緒にカレーを食べて帰って貰えば良かったのにって。だから、今宵《こよい》は君を我が家のディナーにお招きすることにしたの。心配しなくても今日はカレーじゃないよ。君の好きなすき焼きを用意してあります。……迷惑、だったかな」

「否《いや》。でも申し訳ないよ。僕なんかが参加したら」

「そんなことないよ。っていうか、歓迎だよ。私の余命が幾許《いくばく》もないのをママとパパが承知した後、家族で話し合ったのね。で、ママとパパは遺《のこ》された時間を、私の思い通りに過ごさせるのが私にとって一番だって結論を下してくれたの。だから、私がロリータさんデビューするのも、了解してくれた。であるからして、今の私は、とても自由なの、皮肉なことに。君のマンションにお泊まりしても怒られないし、スカイダイビングに挑戦するといっても文句はいわれない」

「スカイダイビング、するの?」

「しないよ！　例えば、の話。どうしてせっかくロリータさんになった私が、スカイダイビングなんて乙女にあるまじきことをやらなきゃならないのよ」

僕はカフェを出て、三鷹台の彼女の自宅まで行くことにしました。

彼女の家に入るのは初めてでした。「何時も娘がお世話になってます」。彼女の母親はそう深々と頭を下げ、僕を「主人はもうすぐ帰ってきますけど、待たせるのは悪いし、先に三人で食べ始めましょう」とダイニングに通してくれました。何度か逢《あ》ったことはあるものの、きちんと相対し言葉を交わすのはこれが最初。フローリングの床に置かれた大きなテーブルは盤面が白い強化硝子《ガラス》になっていて、シンプルながらも部屋の雰囲気をとても明るく演出していました。テーブルの中央には既に、ガスコンロとすき焼き用の鍋《なべ》、その横には肉や野菜が盛られたお皿がセットされています。僕は彼女の横の席に座るように促《うなが》され、着席しました。

「いいテーブルですね」

「この家、三年前にローンを組んで、パパとママが無理して買ったのよ。それまではマンションに棲《す》んでたんだけど。一軒家を購入したら、こういうテーブルを置きたいってのがママの長年の夢だったんだって」

彼女の母親は手際よく、鍋に肉と野菜を入れながら話に加わります。

「このコが生まれてきてからね、ずっと想像してたんです。白いテーブルのあるダイニングで家族が食事をしている光景を。このコが大きくなってそろそろ個室が必要だろうと主人がいい出したのをきっかけに、家を建てることにしたんですけれど、そんな訳で、ダイニングとテーブルだけは私の好きにさせてって。気に入ったテーブルがなかなか見付からなくって、やっと探し当てたら、北欧製で、やたらと高くて。主人はたかがテーブルなんだからもう一寸《ちょっと》、安いものにしないかって渋ったんですけど、私は妥協出来なくて」

すき焼きを食べ始めるとまもなく、彼女の父親が帰ってきました。彼女の父親とは初対面だったのでかなり緊張しましたが（恰幅《かっぷく》良く、顔もどちらかといえば偏屈《へんくつ》そうだったもので）、背広を脱いでネクタイを緩《ゆる》めた彼女の父親は僕が自己紹介をすると「このコから何時も聞かされてますよ。その歳《とし》で一人暮らしは大変だろう。さ、遠慮せず思う存分、今日は肉を食っていきなさい」と僕の正面に座り、彼女の母親にビールを要求しました。

「奮発《ふんぱつ》していい肉にしたんだな」

「ええ。このコの彼をご招待するんですもの。多少の見栄《みえ》ははらないと」

「ママ、卵とって」

「ビールは、どうかね？」

「否、僕は……」

「飲めないのか。残念だな」

「お父さん、高校生にお酒を勧めちゃいけませんよ」

「俺が高校の頃には、もう飲んでたぞ」

夕食の間、ごく当たり前の会話が淡々と交わされていきました。合間、彼女は薬を飲みましたが、心臓に関する話題は一切出ませんでした。食事を終え、お茶を飲んでいると彼女が切り出しました。

「ねぇ、明日、彼の処《ところ》にお泊まりしていいかな?」

「ご迷惑でなければね」

「先《ま》ずは彼の都合を訊きなさい」

「僕としては……一向に」

「なら、宜《よろ》しくお願いします」

「でも、いいんですか?」

「このコがこの先、心臓に病を持っていても何とかやっていけるというのなら、高校生でボーイフレンドの家に外泊なんて、絶対にさせないでしょう。でも、ご存知の通り、そうではなくなったんです。一晩、このコが家を空けるのが心配でないといえば嘘になります。けれど、だからといってこのコを縛り付けるのは、親のエゴでしょ。私は母親であると同時に一人の女です。ですから好きな人と一晩を明かすことが、どれくらい特別な悦《よろこ》びを与えてくれるかを、知っています。このコがそれを知らずに旅立ってしまうのなら、リスクがあっても、知って貰うことを私は、否《いえ》、私達は望みます。親では賄《まかな》えないものも沢山《たくさん》ありますから。生まれてきて良かったなって、このコが思える為なら、私達はどんな我慢もするつもりです」

彼女の母親が静かに語る横で、眼を瞑《つむ》り、腕を組み、彼女の父親は頷《うなず》きました。三年前に購入した新築の家。この一軒家を彼女の父親が、無理をしてでもローンを組み、建てようと決めたのは、彼女が個室の必要な年頃《としごろ》になったから。ダイニングテーブルは硝子張りの白いものでなければならないと彼女の母親がいい張ったのは、ここで営《いとな》まれる後、五年、十年、それ以上の年月の家族の未来図があったから。しかし、彼女を中心とした家族の希望と計画が詰め込まれたこの家から、もうすぐ彼女はいなくなってしまうのです。

彼女の母親は俯《うつむ》き、歯を食い縛りながら震え始めました。その肩を父親が抱きます。

「せっかくこのコが初めて、ボーイフレンドを我が家に招待したんじゃないか。湿っぽくなってどうする。――済まないね。気にしないでくれ給《たま》え」

「そうだよ。ママは泣き虫なんだから。お腹もふくれたし、私、部屋に上がるから後で、紅茶でも持ってきて」

彼女はそういい、立ち上がると腕を摑《つか》み、無理矢理引っ張るようにして「ご馳走《ちそう》さまでした」をいう隙《すき》すら与えず、リビングを抜け、二階への階段を上がり、僕を自分の部屋へと連れて行きました。

彼女の部屋にはシンプルな勉強机、シーツとコンフォータ、ピロケースを赤いギンガムチェックで統一した、枕元にチャーミーキティやマリー、グルーミーなどのぬいぐるみが並べられたシングルベッド、CDコンポや本、雑誌、ブライス、Shirley Templeのハットケースなどがきちんと整理され収納された白とピンクのカラフルなパレットボックスが置かれ、その横には背の低い三段のチェストがあり、置物から額、燭台などあらゆる天使グッズが飾られていました。その中にはブグローの『アムールとプシュケ』がプリントされたものも数点、ありました。壁のいたるところにはJane Marple、MILK、BABY, THE STARS SHINE BRIGHT、Innocent WorldなどのDMがプッシュピンで留められています。窓に掛かるカーテンは白地に薔薇の模様がプリントされたもの。きっとInnocent Worldのカーテンを意識しているのでしょうが、それは既製品であるが故《ゆえ》に、Innocent Worldのものと比べるとすこぶるチープに観えるを否《いな》めませんでした。

「余り、可愛くないでしょ」

「充分だよ」

「本当はね、ベッドは天蓋《てんがい》付きにして、床には真っ赤な絨毯《じゅうたん》を敷いて、家具は猫足のもので揃《そろ》えて、壁全体に薔薇のクロスを貼ったりしたいんだけど」

「つまり、Innocent World の店内みたく」

「その通り。だけど、難しいよね。この部屋、六畳でしょ。天蓋付きのベッドなんて置いたら、それだけでもう身動きがとれなくなっちゃうもん」

ドアをノックする音がして、彼女の母親がティーカップにアッサムティーを淹《い》れて持ってきてくれました。

「さっきは、ご免なさいね」

「否——」

「ねぇ、ママ。ママが初めて男のコの家にお泊まりしたのって、何歳の頃だった？」

「そんなの……」

「いいじゃん。パパには内緒にしておくから」

「絶対、内緒よ」

「約束する」

「大学二年生の頃。丁度二十歳《はたち》ね。親には女のコの友達の家に泊まるといって、バレないようにお友達にも協力して貰って」

「じゃ、私は十七歳、高校生の身でありながら、親に公認されてお泊まり出来るんだから、恵まれてるよね」

彼女の母親は「そうね」と優しい眼差《まなざ》しを彼女に向け、部屋から出ていきました。

「さてと、では明日からの計画をたてたいと思います」

ベッドに腰掛け、アッサムティーを口にしながら彼女は、隣に座る僕の顔をまじまじと観ました。

「明日は君の処にお泊まりでしょ。でね、次の日は一応、ママとパパと過ごしてあげたいから学校が終わったら、真面目《まじめ》に帰宅するとして。そうすると、次の日は土曜日でしょ。私、土、日で、やりたいことが二つ、あるんだ」

「何?」

「付き合ってくれるよね」

「心臓に負担が掛からないことであれば」

「問題ないよ。一つは、大阪にある Innocent World の本店に行くこと。もう一つは銀座の資生堂パーラーで一万五百円のカレーライスを食べること」

「Innocent World って大阪が本店なの?」

「そうなの。私も意外だったんだけど。ファンとしてはさ、やっぱり一度は本店を訪ねて、そこでお買い物をしてみたいでしょ。世界中のカトリック教徒が、バチカンを目指すようなものよ」

「それは解る気がするけど、もう一つの一万五百円のカレーってのは?」

「ほら、昨日、いったでしょ。死んじゃう前に何がしたいかを考えている最中だって。昨日の夜、それがやっと決まったというか、解ったのよ。私が生きているうちに成し遂げたいのは、Innocent World の本店に行くことと、世界一、じゃないかもしれないけど、日本一、贅沢《ぜいたく》なカレーライスを食べることだって。だから何処にいけばそんなカレーがあるんだろうって、インターネットで調べてみたのね。そうしたら、資生堂パーラーで、伊勢海老《いせえび》とアワビのスペシャルカレーってのを出しているのを見付けたの。どんなカレーライスかは不明だけれど、メニューとしては普通にビーフカレーもあるんだよ、二千五百四十円で。一万円も払ってカレーライスだなんて、最高に面白くない?」

彼女が呆《あき》れる程に嬉々《きき》として一万五百円のカレーライスを語るもので、僕はそれを一緒に食べに行くを了承せざるを得ませんでした。

「そこで、問題なのはスケジュールなのよね。土曜日、遅くとも昼過ぎに東京を出れば、夕方までに大阪には着けるでしょ。そのまま戻ってきて資生堂パーラーに行ければいいんだけど、生憎《あいにく》、資生堂パーラーって、夜の八時半がラストオーダーなのね。Innocent World の本店に行ったら、私、絶対に長居しちゃうと思うのね。だから、土曜日は大阪のホテルに一泊して、日曜のお昼くらいに大阪を出て、東京に戻る。こうしておけば、一万五百円のカレーライスを食べそびれることはないでしょ」

土曜日の昼に資生堂パーラーでカレーライスを食べ、その足で大阪に行けば、その日のうちに新幹線で戻れるといいかけましたが、心臓が何時《いつ》停まってもおかしくない身体のことを考えると、彼女に一日で東京と大阪の往復をさせるのは危険だと気付き、僕は彼女の案に異を唱えるを止《や》めました。

「日曜までは、どうにか保《も》つと思うのね。この心臓。資生堂パーラーの一万五百円のカレーライスが最後の晩餐《ばんさん》でしたなんて、一寸《ちょっと》、お洒落《しゃれ》じゃない？」

「最後の晩餐なんかには、ならないよ」

「だと、いいんだけどね」

そういった刹那、彼女はティーカップを床に落としたかと思うと、両手で胸を押さえ、ベッドから滑り落ち、そのまま蹲《うずくま》りました。明らかに昨日より顔色が悪い。呼吸するもままならないようだ。僕は彼女のピンク色のトートバッグを取り、中からVolvicのペットボトルと白い紙袋を取り出し、手に握らせました。彼女はどうにか薬と水を口にしましたが、話せるようになるまでに十分は掛かりました。少なくとも今日、彼女は薬を最低二回は飲んでいる。症状が明らかに昨日より非道《ひど》くなっている事実から、僕は眼を背《そむ》ける訳にはいきませんでした。

落ち着きを取り戻した彼女は、またも昨日と同じくぺろりと舌を出し、ティッシュで床を拭《ふ》き、落としたカップの後始末をしながらいいました。

「いきなし、きちゃった。今回は予震、なし」

「大阪に行くのは止めよう。明日、僕のマンションに泊まるのも」

「どうして?」

「可能な限り、安静に、していて欲しい」

「ダメ。安静にしていようが、暴れ回ろうが、来週には死んじゃっているんだから。あのね、君がそう思うのは当然なんだけれど、この一瞬が明日に絡《つな》がっている保証がないからこそ、私は少しばかり無理をしているんだと思う。限られた時間しか与えられていないのなら、一日、死ぬのが早まってもいいから、常に自分らしくしていたいの。身体を騙《だま》してもいいけど、気持ちは騙しちゃいけないでしょ」

「……強いね」

「そんなことないよ。弱いよ。――お医者さんから宣告を受けて、頭では納得したつもりでも、どうして、私がそんなに急に死なきゃいけないのって、心は納得しなかったよ。だから、ママやパパと同じで、延命の可能性はある筈《はず》だって、希望が捨てられず、諦《あきら》め切れなくて、ずっとあのパソコンのインターネットで自分の病気と治療の方法を探してた」

彼女は勉強机の上に置かれた白いノートパソコンを指差しました。無機質なパソコンを少しでもキュートにしたかったのでしょう、パソコンの蓋《ふた》には、ハートや王冠、天使などをモチーフにしたシールがびっしりと貼り付けられていました。

「でね、どんなキーワードを入れて検索してみても、やっぱり、調べはつかなかった。私のこの心臓がどうなっているかすら、ちゃんと教えてくれるホームページは存在しなかった。それで、もうヤケクソになって、どんな手術でも成功させてしまうお医者さんを探してみようと、〝ブラックジャック〟って打ち込んで、検索を掛けたりも、して。――そうしているうち、ふと、思ったの。一体、死ぬってどういうことなんだろうって。それで、気持ちを切り替えて、去年、何人の人間が死亡したのかを調べてみたの。そうしたらね、二〇〇五年の日本での死亡者は、病気、事故を合わせて約百七万七千人なんだって。と、いわれてもそれがどれくらいの数か実感が湧《わ》かないでしょ。だから、ついでに、二〇〇五年の日本の人口と比較してみることにした。ら、約一億三千人。つまりね、統計として考えれば、去年は大体、百二十分の一の割合で、人が死んでいる訳。ものスゴく高い確率だと思わない？　去年のサマージャンボ宝くじ、一等は二億円なんだけど、これが当たる確率は一千万分の一。五等の三千円なら、当たる確率は百分の一。宝くじは一枚三百円だから、五等が当たったとしても、そんなにラッキーだと大騒ぎはしないでしょ。宝くじの当選倍率と死亡率を比較するのは、少し変かもしれないけれど、私がいいたいのはね……。死ぬって、そんなに特別な出来事ではないということなの。人の死って、宝くじで三千円が当たるのと同じくらい、ありきたりなことなの。よくある出来事なの。因《ちな》みに、二〇〇五年の日本での出生率は約百六万七千人。生まれてくる人とほぼ、同じ数の人が死ぬ訳。だから、もし神様がいて、その神様が適当に死ぬ人間を選ぶのだとしても、選ばれた人間は決してとてつもなく運が悪い訳じゃないんだよ。統計学からすると。……それが解ったら、もうすぐ死ぬって運命を受け入れられずあたふたしているのが、何だか馬鹿馬鹿しく思えてきちゃって」

「恐くは、ないの?」

咄嗟《とっさ》に、そんな愚問を僕は独《ひと》りごちるようにしていました。が、彼女は冗談で子供の頭をそうするように僕の頭を軽く叩き、応えてくれました。

「恐いに決まってるじゃん。だって、死ぬのなんて初めてなんだよ。死んだ経験のある人の話も聞いたことがないし」

「……そうだよね」

「そうだよ。だけれども、君とこうしてお喋《しゃべ》りしていたり、エッチなことをするとね、恐いのを忘れちゃえるんだ。夜中にふと眼が醒《さ》めて、死ぬなんてありきたりなことだと幾ら自分にいいきかせても、途方もない不安に呑《の》み込まれて、気が狂いそうになっちゃったりもするよ。こんな心細さを抱えながら来《きた》るべき時が来るまで待っているしかないなら、いっそ、今すぐ死なせて欲しいと願ったりもするよ。でもね、そんな時は、明日、君に逢うって約束を思い出すんだ。そうしたらね、不思議と、恐くなるの。——お医者さんからね、そういう時の為にって、さっき飲んだお薬とは別に、精神安定剤も貰ってあるんだ。だけど、一旦《いったん》、恐怖心に支配されると、そんなお薬なんてまるで効きやしない。それより、君のことを考えるほうが安らぐ。君に初めて美術部の部室で話し掛けられた時の記憶や、キスをした日のドキドキした気持ちなんかをね、手繰《たぐ》り寄せていくと、自然と落ち着いて、胸、ううん、身体全体がとっても暖かいもので包まれちゃうの。君は、私にとって——最高の安定剤であり、特効薬なんだよ」

「もしそうならば……。少し、嬉《うれ》しいかな」

「何で、少しだけなの？」

僕が応えに窮《きゅう》していると、彼女は突然、閃《ひらめ》いたかの口調で「あ、君以外にももう一つ、強力な安定剤と特効薬があった」と声を弾ませました。

「家族？」

「うーん。ママやパパもいいお薬なんだけど、もっと有効なのは、Innocent World のお洋服。君がいてくれることにも感謝しているけれど、私、Innocent World に出逢えたことにも感謝してる。でも、考えてみれば余命約十日っていわれなかったら、私、前からInnocent Worldは好きだったけれど、こうしてInnocent Worldのお洋服で毎日を過ごすようにならなかったかもしれないんだよね。そういう意味では、いるかどうか解らない神様にも、お礼をいわなきゃ。こうして生きられる時間を区切られたからこそ、ロリータさんデビューする決心がつけられたんだし」

それから彼女は、死亡率や宝くじ以外にもインターネットで見付けた様々な統計による昨年度の確率、倍率を、延々と僕に話して聞かせました。北青山の都営住宅に入居出来る確率は千四百八・五分の一。サムディマルシェを元にした赤いターバンに白いスモッグ、ブルージーンズのデフォ服を持ったウエスタンブライスなるブライスは、たった三個しか制作されない限定商品であるにも拘《かか》わらず応募が千五百四十三名だったので、抽選販売。従って当選確率は約五百十四分の一。第三十回ホリプロスカウトキャラバンでグランプリを勝ち取る倍率は、五万二千五百四十七分の一。人気のパチンコ台「CR海物語3」が大当たりする確率は、低い時で三百十五・五分の一で、高くても七十・一分の一……。

時計の針が十二時を廻りかけたので、僕はそろそろ帰宅する旨《むね》を彼女に伝えました。彼女は駅まで見送るといいましたが、僕はそれを止めました。彼女と二階から降りると、彼女の母親と父親が玄関まで見送りに出てきてくれました。

「遅くまですみません。それに、ちゃんとご馳走のお礼もいわず失礼しました」

「こちらこそ。明日、泊まりに出すといっても、このコには簡単な料理すら教えていないもので、心苦しいんですけど……」

「教えてあったとしても、それを食べさせられる彼が可哀想だよ」

「パパ、非道い！」

平和な会話の応酬を終え、僕は一人、高く上がった半月が照らす森閑《しんかん》とした夜道を、三鷹台の駅に向かってゆっくりと歩き始めました。

この駅に着くまでの道の両脇には何軒の家が建っているのだろう。何人が寝ていて、何人がまだ起きているのだろう。一軒の家に棲んでいる数を四名だと仮定する。すれば三十軒で百二十名だ。その三十軒をくまなく訪ねていけば、一人の死と出会《でくわ》す。ずっと危篤《きとく》状態が続いていた老人の大往生の場合もあれば、生まれたばかしの赤ん坊が些細《ささい》な事故で命を落とした場合もあるのだろうけれども……。彼女の統計学からすれば、そうなるのだ。しかし、どの家の前にも救急車は停まっていないし、玄関に黒い縁取りがされた忌中《きちゆう》の札《ふだ》も見当たらない。果たして、本当に彼女のいう通り、百二十分の一の確率で死はやってくるのだろうか。人間の死とは、宝くじの五等を当てる程にありきたりな、よくある出来事なのだろうか。それは余りに日常的過ぎて、僕の眼に入ってこないだけなのだろうか。

――そんなことをずっと、考えつつ。

「神様がいるかいないか解《わか》らないって、昨日までいってたでしょ、私。でも、今日、急に判明したの。あのね、神様はね、いるんだよ、絶対に」

学校から一旦《いったん》帰宅して、襟《えり》と袖《そで》には白い薔薇《ばら》のチュールレース、フロントには大きなエプロンがハートやクローバーのボタンで留められたピンク色の、バックはウエスト部分を蝶《ちょう》結びで締めるワンピース、ピンクの薔薇があしらわれた白のヘッドドレスを装着、またもや上から下までInnocent Worldの彼女は、僕のマンションに母親の運転する車で到着すると、出迎えた僕に『不思議の国のアリス』のトートバッグとは別に、両手で抱えていたラップで厳重に包まれたステンレスの鍋《なべ》を渡し、いきなしそう切り出しました。

「神様はさておき、この鍋は?」

「ママが今日の夜、二人で食べなさいって作ってくれたの」

「玄関を開けたら、その格好でこの鍋を持っているんだもん。ビックリだよ」

「まるでメイドさんみたい?」

「まぁね」

「やっぱしなー。私、これに着替えるまでママがそのお鍋を用意しているなんて知らなかったから。教えておいてくれれば、違うお洋服にしたのに」

「中身は？」

「ママの特製カレー。火に掛ければそれで出来上がり。ご飯は君の家で用意出来るでしょって、持たされたの」

　僕は彼女を部屋に招き入れると共に、とりあえず、鍋をキッチンのコンロの上に置き、後ろからついてきた彼女に訊《たず》ねました。

「冷蔵庫にいれなくても、いいよね」

「後、数時間で食べるんだから、大丈夫なんじゃない？　っていうか、カレーって冷蔵庫に入れてもいいものなの？　ママは特に何もいってなかったよ。電話して訊《き》こうか」

「いいよ、ラップもしてあるし。しかし、そんな基本的なことも知らないなんて、頼りないメイドだなぁ」

「だから、メイドさんじゃないんだってば！」

　正直、こんな憎まれ口を叩《たた》いたのは、彼女が鍋を抱えている姿が、エプロン姿のロリータであったのとは関係なく、直視出来ないくらいに新鮮で、いじらしい程、愛らしく思えたが故《ゆえ》の照れ隠しでした。

僕のマンションで、彼女が食事を摂《と》ることはもう何度も経験していました。殆《ほとん》どが外食とはいえ、一人暮らしを余儀なくされた身、気が付くと僕は、炊飯器で炊き過ぎたご飯を冷凍庫に保管し、それを使って後日、ピラフを作るくらいの必要最小限な自炊が出来るようになっていました。ですから、二人でいて少しお腹が空いたけれど外に出るのは面倒という時には、僕が冷蔵庫にあるものを使って適当に料理を作っていたのです。彼女は僕が教えるまで、炊飯器でご飯を炊く手順すら知りませんでした。そのことは、毎回、君にご飯を作らせていては女が廃《すた》るといって、彼女がレトルトのカレーを持参してきた時、発覚しました。まだ封を切っていないいままのお米の袋をキッチンの抽出《ひきだし》から出し、炊飯器の使い方を教えようとすると、彼女が、それくらい解るわとむくれたので、僕はそれでは任せるとキッチンから出ました。そしてそろそろご飯も炊けた頃だから、カレーの袋を沸騰したお湯で温めようと二人して再度キッチンに向かい炊飯器の蓋《ふた》を開けてみると、内釜《うちがま》の中にはふっくらとしたご飯ではなく、硬そうな焼き米が仕上がっていました。「水、入れた?」と僕が問うと彼女は「水、入れなきゃいけなかったの?」。彼女は全自動の洗濯機と同じように、炊飯器はお米さえ入れれば釜の中に適量の水が勝手に入り、米を研いでくれ、ご飯が完成すると思い込んでいたのです。その日、僕達は仕方なくコンビニエンスストアに行き、おにぎりを買って戻りました。以来、僕は彼女を一人でキッチンに立たせるをさせませんでした。

彼女の炊事能力、というか基礎知識のなさは、多分、彼女の母親より僕のほうがそういった訳《わけ》で、よくわきまえていたのです。僕には彼女がご飯の炊き方くらい常識として憶《おぼ》えるべきだという考えがありませんでした。生半可《なまはんか》に料理が出来るより、炊飯器の使用方法すら知らないほうが、痛快だとすら思っていました。が、僕は鍋と彼女という組み合わせを観《み》て、不意に胸を高鳴らせてしまったのです。女子に望む〝家庭的〟なるものを自分も少なからず彼女に求めていたのだな。僕は己《おのれ》が所詮《しょせん》は一般的で平凡な男子であるを認めざるを得ませんでした。

「どうして、赤くなってるの？」

「なってないよ」

僕は彼女の背中を押し、ダイニングの椅子に腰掛けるよう勧めました。彼女が大人しく着席すると、僕は自分の頬《ほお》の火照《ほて》りの理由を悟られまいと、早口で質問を投げ掛けます。

「それで、神様がどうしたって？　夢に出てきたとか？　もしかして、逢《あ》ったの？」

「逢える筈《はず》、ないじゃん」

ふて腐れたように応《こた》えると、しかし彼女は「でもね」――。瞬時に眼を輝かせ、話し始めました。

「四限目、古文の時間に先生の話を聞かないで、ぼんやり窓の外を眺めていたらね、閃《ひらめ》いたの。っていうか、気付いたんだよ。神様がいるからこそ、この世の中、どうにか辻褄《つじつま》があっているんだって。ほら、去年の死亡者は約百七万七千人で、出生者は約百六万七千人って教えたでしょ。二〇〇五年ってのはね、久々に死亡者の数が出生者の数を上回った年なんだって。これは少子化の顕《あらわ》れだとか、ネットで検索したページには書いてたけど、そんなことはどうでもよくて、肝心なのはその数なの。百七万七千人も百六万七千人も、比較すればそんなに変わらないじゃん。他の年の死亡者と出生者の数までは調べてないから解らないけど、きっと、同じような感じだと思うの。何がいいたいかっていうとね、つまり、戦争が起こっても、飢饉《ききん》があっても、死亡者が三百万人いるのに、出生者は一人なんて極端な年はないのよ。ということは、反対に、来年、どんな病にも効く万能薬が発明されたとするでしょ。それで、一年に三人しか死ななかったとするでしょ。そうなったら、百万人以上の新しい命は生まれないの。この世界に入ってくるのとほぼ同じ数が、出て行く。その繰り返しなのよ。上手《うま》く出来てるんだよ。でも毎年そうして収支の増減がある程度一定しているのって、不自然じゃない？　誰かが操作していると考えたほうが、よっぽど納得いかない？」

「そんな大掛かりな操作を行えるのは、神様だけ。だから、神様はいるっていいたいの？」

「うーん。それだけじゃないんだけどね。あのさー、上手く説明出来ないんだけど、例えば目醒まし時計なら、単三電池一本で何時間動くっていうのが、ちゃんと決まっているのに、人の寿命は様々でしょ。人類は大昔から明日の天気が知りたくて、頭を使って、ものスゴい技術を開発して、ロケットを打ち上げて、宇宙から地球の様子を観察することで天気を予測するようになったけど、予測が大外れすることもしばしばでしょ。だからとて、自然界は気紛《きまぐ》れでアバウトなんだって割り切っちゃっていいと思う？　もしそうなんだったら、もっといろんなことが夢の中みたく、支離滅裂《しりめつれつ》でグチャグチャでもおかしくない。一秒前、海だった処《ところ》が山になったり、その山が一秒後には、お猿さんになってたり。——私達が気紛れでアバウトだと感じることにも、しっかり解明が出来ていないだけで、法則はあるんだよ。多分。円周率だってさ、割り切れないっていわれているけど、もっともっと計算していったら、何時《いつ》か割り切れる数字が出る気がするし」

「かなり壮大になってきたけど、円周率と神様はどう結びつくの？」

「そうだね。結びつかない、関係ないよ、円周率なんて——。あれっ？　違うの。私が急に死んじゃうのを、君も、ママやパパも、理不尽《りふじん》だと感じているでしょ。こんな運命を世界が与えるというのなら、世界は何と気紛れでアバウトで、尚且《なおかつ》、無情で卑劣だと、ムカツいているでしょ。私だってそうだったもん。だけれども、決して私の死は理不尽ではなく、世界の気紛れさやアバウトさからくるものではないってのが、解ったの。テキトーにみえるけれど、ちゃんと神様が法則に当て嵌《は》め、いろんなものを整理して、計算した上で出した最もベストな結果なの」

「意味が解らないよ」

「うん。私も喋《しゃべ》っていて、どんどん解らなくなってきた。とりあえず今の私は、答を求める為《ため》の方程式は暗記したけど、どうしてその式でこの問題が解けるのかがイマイチ摑《つか》めていない生徒みたいなものかな。でもね、死ぬ意味はよく解らないけど、生まれてきた意味は解ったんだ。今まで生きてきたことに意味があることは解ったんだ」

「何？」

「君と出逢ったこと。——それが私の生まれた意味の全てで、生きた意味の全部」

あの時、僕はどうしてその彼女の言葉をもっと真摯《しんし》に受け止めなかったのだろう。もしそうしていたならば……。否《いや》、止《よ》そう。きっと彼女がよく論理が解らぬまま答を導き出したように、僕もまた、その答が正しいことを察していたのだ。だからこそ、ややこしい手順を踏んだ上で出された解答のシンプルさに狼狽《うろた》え、了承するを躊躇《ためら》ってしまったのだ。「変なの」——と、僕は思わず返していた。そして彼女も「変だね」と同意して、微笑《ほほえ》んだ。神様の存在の有無に関する話題を、終了させた。一言だけ、蛇足のように付け足して。

「それに、神様がいないと、天使もいないだろうし、そんな天国、つまらないもの」

僕は彼女にご飯を炊く用意をするといい、キッチンに向かいました。抽出《ひきだし》から使いかけのお米の袋を取り出し、炊飯器の蓋を開けようとすると、彼女は横にやってきて、上目遣《うわめづか》い、少しおどおどした様子で訊ねます。

「あの……。今日は……私に、やらせてくれないかな」

「やるって？」

「その、つまり……。ご飯、炊くの」

「出来ないじゃん」

「もう、意地悪なんだから。出来ないよ。出来ないけど、前に一度、失敗してるから、あれだけど、また失敗するかもしれないけど、成功する保証なんて何処《どこ》にもないけど――。やってみたいでしょ！　君が、教えてくれればいいだけのことでしょ！」

「どうして、キレるの？」

「キレてないよ！　ママにもまさか、炊飯器の使い方すら知らないとはいえなかったから」

「さっき、メイド扱いしたら怒った癖《くせ》に」

「そりゃそうでしょ。メイドさんじゃないんだもん。けど、私、君の恋人なんだよ。女のコなんだよ。本当は、ママが持たせてくれたカレーじゃなくて、美味《おい》しくなくてもいいから、自分で作ってみたかったよ。それで、食べて欲しかったよ。でも、不味《まず》いのすら作れないんだもん。だからせめて、ご飯くらい……」

　彼女は声を詰まらせると、急に大粒の涙をぽたぽたと零《こぼ》し始めました。彼女が泣くのを目《ま》の当たりにするのが初めてだったもので、僕は反射的に謝っていました。

「ご免《めん》。教えるよ」

鼻水をすする彼女に計量カップ一杯のお米が一人分のご飯になると説明し、二人分のお米を量《はか》って空《から》の内釜に入れさせ、水を注ぎ、お米は濁りがなくなるまで何度か研がねばならぬ旨《むね》を伝えます。真剣な強張《こわば》った表情で彼女はお米を洗う作業に没頭しました。

「そんなに肩に力を入れる必要はないよ」

「加減が解らないんだもの」

「それくらいでいい。次に、水を替えるんだ。釜を傾けて、片手で研いだお米を零さないようにしながら、濁った水を捨てる」

「えー。そんなの無理じゃん。どうやったって、お米、零れるし」

「少しばかし零れるのは仕方ないさ」

「ザルとか使ったほうが、よくない?」

「そこまで大袈裟《おおげさ》な作業じゃないんだけど」

「君は器用だから、出来るんだよ。普通は出来ないよ」

どうにかこうにか洗米を終了させ、水を張った内釜を炊飯器にセット、蓋を閉じ、炊飯のスイッチを押したので、これで後は炊き上がるのを待つだけだと告げると、額にうっすらと汗をかいた彼女は、ようやく身体を弛緩《しかん》させ、大きく深呼吸をしました。

「ご飯を炊くのって、大変なんだ」

「頑張ったね。どうせ炊けるまで暫《しばら》く掛かるから、ベッドで休んでる?」

「うん」

寝室に連れていくと、たかがお米を研いだだけとはいえ、想像する以上に緊張していたのでしょう、彼女はベッドに倒れ込むと眼をすぐに閉じ、僕が一人、何か冷蔵庫から飲み物をとキッチンに引き返し、烏龍茶《ウーロン》のペットボトルとコップを二つ抱えて戻る間に、すっかり寝息をたてて眠っていました。ヘッドドレスもそのまま、正装でありながらも、ベッドの中央で無防備に大の字になっている彼女のしどけなさのギャップに苦笑しつつも、しかし僕は、先程の涙を想い出すと、切なさで胸が潰《つぶ》れそうになるを誤魔化《ごまか》すことが適《かな》いませんでした。

本当は、ママのカレーじゃなくて、自分が作ったカレーを食べさせたかった。不味くてもいいから——。無茶苦茶じゃないか。何で不味くてもいいんだよ。そんなものを食べさせられるこっちの身になってみろよ。バカ……。ご飯を炊いただけで大仕事を成し遂げたつもりでいる間抜けな召使い。ご主人様のベッドを占領して眠りこける使えないメイド。僕のメイド。かけがえのない僕のたった一人の特別な人。

寝返りをうち、彼女の身体が横を向きます。

その時です。規則正しかった息が乱れ、眉間《みけん》に皺《しわ》が寄り、彼女の眼がかっと見開かれました。心臓に異変が生じたのだ。もしくはその前触《まえぶれ》だ。慣れない炊事が原因かもしれない。僕はダイニングに走り、彼女の持ってきたトートバッグを摑み、寝室に帰ります。果たして、彼女はベッドの上に座り、俯《うつむ》いていました。

僕はトートバッグの中を漁《あさ》ります。薬が入っている白い大きな紙袋とVolvicはわりとすぐに出てきました。紙袋とVolvicを差し出すと、彼女は両方を受け取りはしたものの、袋の中身を出そうとも、Volvicの蓋を開こうともせず、暫く固唾《かたず》を呑《の》み見守っていると、起こしていた上半身を激しくベッドに沈めました。背筋が凍りつき、頭の中が錯綜《さくそう》し、僕は立ち眩《くら》みを起こしてしまいました。何かに揺さぶられ、僕は自分が床にしゃがみ込んだまま暫くの間、動けずにいたことを知ります。僕を揺さぶったもの、それは彼女の手でした。

「君、どうかしたの？」

「えっ？」

「私にお薬とお水を渡したかと思うと、いきなし腰が砕けるみたく、座り込んで、フリーズしちゃったから」

「僕が……」

「そうだよ」

「何ともないの」

「誰？　私？　全然だよ。それより君。そっか、発作だと勘違いしたんだね。だからお薬とお水をくれたんだ」

「貰《もら》って、飲まずに、そのまま倒れたから」

「あ、ご免。紛《まぎ》らわしいことしちゃって。本当に、ご免。寝るつもりはなかったんだけど、寝ちゃったの。炊飯器でご飯を炊くのが想像以上に難しくて、何とかなったと思ったら、睡魔がドカーンと、ね。眼が醒《さ》めると同時に君がこの部屋からダッシュでいなくなって。どうしたのかなと起き上がったら、戻ってきたでしょ。それで、今日は君の家に初のお泊まりなんだーって実感が湧《わ》いてきて、嬉《うれ》しくなって、また寝転んじゃったの」

「心臓が停止したとかでは」

「なかったの」

「良かった」

「ご免なさいでした」

彼女は深々と頭を下げました。

「構わないよ。僕の勝手な勘違いだったんだから」

「でもさ、最近、私達、何だかお互い、謝ってばかりな気がしない？」

「そうかもしれない。それより、今のは発作じゃなかったからいいものの、これから先、昨日みたく予兆もなく強い発作が起こる可能性は、高いだろ」

「まぁね」

「その時に備えて、僕はどの薬をどれだけ飲めばいいのかを教えておいて貰ったほうがいいと思う」

「そうかもね」

彼女は紙袋からどっさりと薬のシートと袋を出しました。丸くて赤い錠剤は二粒、楕円形《だえんけい》の白いものは一粒、平らな白は四粒、同じ形でもオレンジ色は二粒で、白と半透明の包みに入った顆粒《かりゅう》は二袋ずつ、それより一回り大きな白い包みに入った顆粒は三袋。彼女の説明を僕は間違わないように記憶せねばと「この赤は二錠、この白は一錠……」、何度も声を上げながら繰り返していると、悠長に彼女はいいます。

「解んなくなったら、とりあえず多めに渡してくれればいいよ。そんなに神経質にならなくても」

「そういう訳にはいかない。市販のサプリメントじゃあるまいし、どれもこれも強い薬なんだろ」

「うん。だけど、私、よく咄嗟《とっさ》の判断が出来なくて、少ないよりは多いに越したことはないって、飲み過ぎちゃうよ。特に錠剤の数はややこしいから」

「問題ないの？」

「多分。それよか、そろそろご飯、炊けたんじゃない？」

「そうだね。もう食べるなら、カレーの鍋に火を入れないと」

「まだお腹はそんなに空いてないけど、ちゃんと炊けてるなら、早く食べてみたいな」

僕と彼女は手を絡《つな》ぎ、キッチンへ赴《おもむ》きました。炊飯器が保温になっているのを確かめ、蓋を開けると、当然ですが、無事、ご飯は炊けていました。僕がカレーの鍋のラップを剝《は》がすと「温めるのは、私、一人で出来るよ。ママから掻《か》き混ぜながらって教えられたし。君はお皿を用意したら、座っていて」、得意気に彼女は仕切り始めます。僕は食器棚から平らな皿とスプーンを二組、鍋を掻き混ぜる用のレードルを出して、大人しくテーブルにつきました。コンロの火を点《つ》けると、彼女はカレーがぐつぐつというまで、ずっとレードルを鍋の中でゴマでもするかの如《ごと》くかなりの勢いで回し続けました。僕はカレーが焦《こ》げ付かない程度にすればいいと注意したかったのですが、止《や》めておきました。そして炊飯器のご飯はお皿に盛る前に、十字に切って適度に混ぜて欲しいともいえませんでした。

彼女は母親に託されたカレーをご飯を載せたお皿の上に盛り、あたかも全て自分でこしらえたかの顔付きで、テーブルに運んできます。「さぁ、召し上がれ」「いただきます」「あらっ。

ママ、失敗したのかな。ジャガイモが粉々になってる」。――彼女の母親の名誉の為に鍋の掻き混ぜ方を指導すれば良かったと悔やみましたが、今更なので僕は「そうなの？ 美味しいじゃん」。受け流すしかありませんでした。

カレーライスを食べながら、彼女は土曜、日曜の計画を話し始めます。

「土曜日、大阪に泊まるでしょ。ホテル日航大阪ってとこ、勝手に予約しちゃったけど、いいよね」

「そんなの、僕がやるのに」

「ネットで調べたら、Innocent World にそこが一番、近かったし。でも、ドキドキ、しちゃった」

「ドキドキ？」

「ダブルの部屋を二名でって、電話でいったのね。そうしたら、名前、住所なんかを訊かれて。でね、失礼ですが、お客様は未成年ですよねみたいなことをいわれたの。そうですすって応えたら、お連れ様とのご関係は？って」

「どう返したの」

「話がややこしくなって泊まれなくなると嫌《いや》だから、兄妹《きょうだい》にしちゃった。だから、ホテルにチェックインする時は、君は私のお兄さんってことで、悪いけど、私の名字を使ってね」

「それはいいけど……。バレないかな」

「ママとパパには、そうして予約したことをいってあるから、確認の電話がきても大丈夫。それより、同じ名字で泊まっちゃうんだよ。どう思う?」

「どうって……」

「新婚さん、みたくない?」

「僕、婿《むこ》養子なの?」

「うん!」

余りに彼女が元気よく頷《うなず》いたもので、僕は思わず口に入れたカレーを吹き出すところでした。

そのまま彼女は、食事を済ませると皿洗いは自分がするといい張り、僕を「ダーリン」と呼び、お風呂にお湯を溜めたり、缶と瓶の回収は木曜の朝だったので敢《あ》えて部屋のあちこちに放置しておいたジュースの空き缶を集めてゴミ袋に入れると、マンションの下のゴミ置き場に持っていったりして、本格的に新婚さんごっこに熱中し始めました。そうするうちに夜は更けゆき、僕はTシャツとジャージ、彼女はドロワーズの上に持ってきたANGEL BLUEのバスローブという姿で、自然な流れに従い、照明をおとした寝室のベッドに横たわっていました。キスをして、じゃれあうように互いの四肢をまさぐり合ううち、彼女の息遣いは荒く、身体は火照《ほて》っていきました。僕の右脚に彼女は己《おの》が秘所を擦《こす》り付けます。そこに手を伸ばすと、彼女はもう我慢の限界という潤《うる》んだ瞳で僕を恨めし気に見詰め、か細い喘《あえ》ぎ声をあげました。

彼女は——あり得ないくらいに、濡《ぬ》れていました。僕は、逡巡《しゅんじゅん》しました。本来なら、すぐにでもインサートしてしまいたい。しかし、彼女の身体、否《いや》、心臓にセックスがどう影響を及ぼすのかが計れない。僕はそれを差し控えるを選択するしかありませんでした。が、彼女は僕の躊躇《ちゅうちょ》などお構いなし、早く欲しいといわんがばかり、自分から腰を動かし、求めてきます。焦《じ》れ切ったのか、彼女は僕のペニスを握り、扱《しご》き出しました。そんな愛撫《あいぶ》を受ける僕と僕のペニスは、微妙でした。欲情と理性の間で立ち往生しているとでもいうふう、ともかくペニスはエレクトしたかと思うと萎《な》え、萎《しぼ》んだかと思うと、勃起《ぼっき》しの中途半端な状態を繰り返すのでした。

やがて、僕の気持ちと生理の在り方を見透かしたように彼女は訊ねます。

「駄目、みたい？」

「……」

「したく、ない？」

悲しそうな顔をする彼女のストレートな問いに対し、僕はありのままを告白せざるを得ませんでした。

「したい——よ。でも、心臓のことを考えると、していいのかどうか解らないんだ」

「いいの。大丈夫だよ。私、お医者さんにも訊いたもの」

「そんなこと訊いたの?」

「だって、大切なことでしょ。君と私にとっては。男性なら性行為は自殺行為に等しいけれど、普通に行うなら女性は問題ないって」

「本当?」

「インディアン、嘘、吐《つ》かない。――はしたないかもしれないけど、こんなの口にするのはあれなんだけど、して欲しい。もし、している最中に、大きな、取り返しのつかない発作が起きたとしても、私は悔いないよ。君とエッチなことをしながら、天国にいけるんだとしたら、君には迷惑かもしれないけど、私にとっては最も理想的な死に方だよ。世界で一番大切な人と身体と身体を結合させたまま、息を引き取るんだよ。難しいかもしれないけど、想像してみて。君が私の立場なら、それがどれだけ幸せかを」

想像は……出来ませんでした。彼女は、しかし僕がこのような状態になるを予測していて、「一寸《ちょっと》、待ってて」というと、僕が発作を起こしたと思い込んで持ってきたトートバッグの中に手を突っ込み、日本語の表記が見当たらない白いプラスチックの小瓶を取り出し、蓋を開けると、そこから菱形《ひしがた》の青い錠剤を一つ出し、僕にこれをVolvicで飲み干すようにと告げました。

「どういう薬?」

「バイアグラ」

「えっ?」

「だから、バイアグラ。インポテンツを治すお薬。聞いたことあるでしょ」

「お医者さんに貰ったの?」

「まさか。私の精神安定剤や睡眠導入剤は処方してくれても、君の勃起不全まで面倒みてくれる訳ないじゃん」

「じゃ、どうしたの」

「インターネットで、いろんな統計や確率を調べたついでに、君がセックス出来なくなると困ると思って、検索をかけてみたら、通販してるサイトがあったから、買ってみた」

「本物?」

「多分、ね。使ってみないと解らないけど」

「怪しいよ」

「確かに怪しいけど、飲んで害になるものではない筈《はず》だし。一時間くらいしても効かなかったら、偽物《にせもの》ね。騙《だま》されたとしても、高かったんだから、試してみるだけ試してよ」

おかしな理屈に捩《ね》じ伏せられ、僕は錠剤を飲み込みました。僕がそうしたのを観ると、彼女は「有《あ》り難《がと》う」といい、軽いキスをすると、ペニスの上に手を遣《や》り、自分の額を僕の肩に置くようにして眼を静かに閉じました。僕も眼を閉じました。言葉を交わさず、僕達はそのままベッドの上に横たわっていました。悪いけれど、飲まされたものがバイアグラなどではなく単なるビタミン剤の類《たぐ》いであるを僕は祈っていました。僕が錠剤を飲んだことに納得をし、効力を発するのを待つうち、彼女が眠りに誘われてしまうが最も適切だろうと考えていました。が、どれくらいの時間が経過したのでしょう。定かではありませんけれども、一時間も経《た》たなかったと思います。身体の奥に不可思議な違和感を憶え、僕は眼を開きました。その感覚が何なのかと検証しようとすると、一瞬、眩暈《めまい》を感じました。僕に起きた微《かす》かな異変にすぐに気付き、彼女はゆっくりと眼を瞑《つむ》ったままでペニスを扱《しご》き始めます。ペニスが瞬時、驚異的に硬くなり、僕の意思に反抗するかの如く、刺激を求め始めます。

「本物だったみたいね」

彼女は囁《ささや》き、僕の喉《のど》に息を吹き掛けると、ペニスを強く握ります。とんでもない、かつて味わったことなき快楽に僕は思わず、悲鳴をあげてしまいました。実に身勝手ですが、先までの躊躇《ためら》いは何処《どこ》へやら、僕はすぐにでも挿入したくて、彼女に襲い掛かっていました。時間が経ってしまったのでもうすっかりと乾燥してしまった彼女の性器を手荒く摩擦すると直《じ》き、少しばかり、湿りました。僕は亀頭《きとう》の先をあてがいます。本来ならもっと愛撫を加えなければいけませんでしたが、先端がくい込んだをいいことに、僕は無理矢理、そのまま突き挿《さ》しました。

幾度かストロークを繰り返すと、彼女は潤《うるお》いました。僕は取り憑《つ》かれたように彼女の子宮へと突き立てました。過剰に哮《たけ》ったペニスが、三分もせぬうちに射精を堪《こら》え切れぬと訴えます。

「逝《い》っちゃう……」

「いいよ」

「ご免」

「中に出して」

その言葉に反射的にたじろぎ、僕が膣《ちつ》からペニスを抜こうとすると、彼女は素早く僕の腰に両手を廻《まわ》し、自ら腰を使います。僕は駄目だと首を激しく振りながらも、もはや遅らせるが適わず、彼女の膣内にぶちまけてしまいました。精液が尿道から一旦勢いよく飛び出すと、ペニスはどくんどくんと脈打ち、最後の一滴までとばかり、にわか、膣の中で居直ります。

「スゴーい。初めてだね。ゴムを着けないまま、中になんて」

「どうしよう」

「いいんだよ。妊娠している時間なんてないんだから」

「……」

「そういういいかたは……良くないよね。でも、嬉しいんだ。とっても」

彼女の膣内で果てた僕のペニスは、バイアグラのせいなのか、射精を終えても尚《なお》、屹立《きつりつ》したままでした。再度、僕は彼女の中で射精しました。

「観念《かんねん》したんだね。——観念って、いろんな意味を持っているよね」

確かにそれは、西洋風に解釈するならイデア——善悪を抽象的に哲学する意識として捉《とら》えられるものでしたが、一方で、諦《あきら》めの境地を表す、実用的な単語として機能していることをこの夜、僕は彼女に教えられました。

翌日、母親がまた車で迎えに来てくれる予定だから一旦、自宅に戻って支度《したく》を整えて学校に行く、その為、七時半に起きるといい、彼女は起床設定時刻を入力した携帯電話を枕の下に差し込んで「おやすみなさい」と眼を瞑ります。やがて軽やかに彼女は寝息をたて始めたので、僕も眠りにつこうと思いましたが夜明けまで、僕は寝つけずにいました。何しろ、無意味にペニスがまた勃起し、なかなか鎮静してくれなかったものですから。


彼女がベッドから身体を持ち上げた気配で、僕は眼を醒《さ》ましました。

「おはよう」

「あ、起こしちゃったね。いいよ、君はまだ時間に余裕があるんだから、寝ていれば」

「否《いや》、僕も起きる。カレーのお礼もいいたいし」

起き抜けの軽いキスは妙に心地よく、僕はぼんやりとしながらも彼女を抱き締め、何度もそれを夢中になって繰り返しました。彼女は幼子をあやすように僕の頭をその間、撫《な》で付けていました。キスを止《や》めると、彼女は顔を覗《のぞ》き込み、僕の上に身体を預けてきます。首筋を噛《か》むと、彼女はいきなし艶《つや》っぽい声を漏らします。敏感な部分を指で確かめてみたならば、既《すで》に愛液が滴《したた》っていました。しかし僕が指を挿入しようとすると、彼女は身体をくねらせ拒否するのでした。

「ダメだよ。学校に遅刻しちゃう」

「サボってしまえばいい」

「そういう訳《わけ》にはいかないでしょ」

「何故《なぜ》?」

「今日は金曜日だもの」

「理由になってない」

「土、日で大阪に行くんだよ。そしたら次、学校は月曜だよ」

「だから?」

「今日で学校、最後になる可能性が高いもの。別に誰に逢《あ》っておきたい訳でもないんだけれどね、ましてや勉強がしたい訳でもないんだけれどね——。こうしてタイムリミットを設けられてしまうと、普通なことが、とても大事に思えてきちゃうんだよ」

彼女は諭《さと》すようにそういうと、含羞《はにか》み、ベッドから起き上がりました。

「それに、もうじきママのお迎えがくるし。ねぇ、冷蔵庫の中、飲み物入ってる？」

「烏龍茶《ウーロン》と、ミネラルウォーター、オレンジジュースと、缶コーヒーなら」

「コーヒー、貰《もら》うね」

バスローブをきちんと着衣し直した彼女が寝室から出ていく後ろ姿を、僕は見送りました。

彼女が戻ってきたならば僕も支度に取り掛かろうと思い、そのままベッドの上にいましたが、暫《しばら》くしても来ないので、キッチンに向かうと、姿がありません。ダイニングのテーブルの上には、彼女が置いたであろう缶コーヒー。シャワーにでも行ったのかしらん。バスルームに至ろうとすると、トイレの扉が開けっぱなしになっているのが眼に留まりました。

そこから先のことは、鮮明ではないのです。

トイレの床に、俯《うつぶ》し、彼女は、倒れていて、身体が痙攣《けいれん》していて、眼は両共に白眼、僅《わず》かながら血を口から吐いていて、僕は声すら発することが出来ず、触れてよいのか否《いな》かの判断も適《かな》わず――。気が付くと僕は、電話の子機を縋《すが》るように両手で握り締め、彼女の前にしゃがみ込んでいました。やがて、インターフォンが何度も鳴り、玄関の扉を激しく叩《たた》く音が聞こえ、それが自分が呼んだ救急車であると理解した僕は、入り口に掛かった錠を開き、そうすると、数名のヘルメットを被《かぶ》った人達が担架と共に傾《なだ》れ込んできて……。彼女はマンションの下に運ばれ、待機していた救急車に乗せられ……。そこに、赤色の軽自動車が停止し、彼女の母親が降りてきて……。

僕は彼女の母親を認めると「ご免《めん》なさい。ご免なさい」、ひたすらに謝っていました。彼女の母親は僕の腕を握り、しっかりとした口調で「大丈夫だから。後で必ず、連絡するから」といってくれました。それを聞いて僕はようやく正気を取り戻せたのです。

救急車は母親を同乗させると、脇に車が寄り進行方向に遮《さえぎ》るもののない道路の真ん中を疾走、すぐに姿を消しました。僕はマンションに引き返します。必要以上に部屋全体が静まり返っている気がしました。彼女が倒れていた場所には、やはり少量ですが血の跡がありました。寝室に行き、ベッドの上に座ると枕元に彼女の携帯電話が転がっていました。プライベートウィンドウには不在のアイコンが表示されていて、着信履歴を観《み》てみると「ママ」と登録された相手先が七時半から五分毎《ごと》に数回電話を掛けてきていたことが知れました。携帯はバイブレーション機能による目醒ましとして使っていたからか、マナーモードの設定がなされていました。

待つしかない僕はともかく制服に着替えましたが、学校に行く気にはなれず、かといってテレビを観たり音楽を聴く心境にもなれず、徒《いたずら》に寝室で時を過ごしました。十二時を廻《まわ》った頃、僕の携帯が鳴りました。出ると、彼女の母親からでした。

「もしもし。今、学校ですよね」

「家です」

「そう。この番号、昨日あのコから教えて貰っていたものですから」

「あの……」

「あのコはもう心配ないので、安心して下さい。あのコはもう少し病院にいなければならないので、今日、学校はお休みさせますけど。これから学校ですよね。あのコの荷物、申し訳ないんですが、玄関の前にでも――」

「僕も今日は行きません。ですから、病院まで届けます」

「そんなの悪いです。それに私、マンションの下に車を置きっぱなしでこちらに来てしまったので、どうせそちらにもう一度、足を運ばないとならないし」

「そうですか。――否、やっぱり、それなら来て下さるまで待機しています。彼女のものを外に出したまま出掛けて、盗まれでもしたら、困るので」

暫《しばら》くの沈黙の後、彼女の母親は「じゃ、出来る限り早く伺いますね」といい、電話を切りました。彼女の母親は一時間程して、到着しました。

「遅くなっちゃって。何しろ、救急車を掛かり付けの御茶《おちゃ》の水《みず》の病院まで向かわせたものですから」

ダイニングに通し、僕はInnocent Worldのトートバッグとお洋服一式、そして携帯電話を手渡しました。

「御茶の水――ですか？」

「ええ、あのコの主治医さんがそこにいるもので。その先生以外では、あのコの心臓の症状が把握出来ないもので、遠いけれどそちらに搬送して貰ったんです」

「容態は、どんな」

「もう、問題ないです。かなり大きな発作が突然、きたみたいですけれど」

「朝の発作は今までの発作とは違いますよね。吐血もしたし」

「吐血？」

「はい」

「して、いませんよ」

「でも確かに」

彼女の母親は僕を暫く見詰めると、やがてゆっくりと微笑《ほほえ》みました。その微笑みは、何時《いつ》も眼にしている彼女のそれと何処《どこ》か似ていました。

「解《わか》りました。あのコ、心臓が苦しくなって、転んだ拍子《ひょうし》に床に顔面を打ち付けたのでしょうね、前歯を二本、折ってしまって。その時に歯茎から出た血を観て、血を吐いたと勘違いしちゃったんですね。確かに通常の発作よりも激しかったけれど、焦《あせ》って大袈裟《おおげさ》に救急車なんて呼ばなくとも――なんて、さっきまであのコ、減らず口を叩いてましたが、そういう訳だったんですね。そりゃ、ビックリしますよねぇ。本当、人騒がせな娘だこと」

「それじゃ、血は……」

「心臓の病ですから、それだけでは間違っても血を吐くようなことはありません。では、これに懲《こ》りず、明日《あす》、明後日《あさって》の大阪も何卒《なにとぞ》、宜《よろ》しくお付き合い下さいね」

僕は耳を疑いました。彼女の容態をもう案ずることがないと聞かされても、明日の予定は変更、彼女が承知しなくとも、それは当然の判断だと勝手に思っていたからです。

「無茶です。大阪に泊まり掛けだなんて。今朝の発作が致命的なものではなかったにしろ、今日は病院から戻れないのでしょ。それなのに明日、旅行だなんて」

「病院からあのコが戻れないのは、折れた歯の代わりに差歯《さしば》を作って入れて貰っているからなんです。せっかくInnocent Worldの本店に行くのに、前歯が二本も欠けてちゃ嫌《いや》だっていうもので」

「だけど……。だけど、もし、また、今朝みたいな発作、否、それより非道《ひど》い発作が起きたらどうするんですか。発作が起きないより、起きる確率のほうが高いのは解り切ったことじゃないですか」

「仕方ありません。私も主人も旅行を許可した時から、いいえ、あのコの死を受け入れた時から、一秒でも長く生きて欲しいという親としての気持ちを捨て、一日寿命が縮んでも、遺《のこ》された瞬間瞬間を充実させてやりたいと望むようになったのですから」

「そんなの、無責任です！」

声を荒らげた途端、僕は自分の口から思いがけず出たその言葉に凍りつきました。違う、彼女の母親も父親も無責任じゃない。僕が真に責めたかったのは、今日も現実を前に金縛りにあってしまい、責任に押し潰《つぶ》されかけ、何処にでもいいから逃げ出したいばかりの脆弱《ぜいじゃく》で非力な自分自身。――慌てて、僕は言葉を繕《つくろ》い始めました。

「いい過ぎです。でも、咄嗟《とっさ》の時、容態もきちんと把握出来ず、救急車を呼ぶのがやっとで、いざとなるとてんで判断がつかないこんな僕に、彼女を委《ゆだ》ねるのは余りに危険だと思うんです。もし、昨日の夜のうちに朝のような発作を起こしていたら、やっぱり僕は救急車を呼んでしまっていただろうし、だけど、そうしたなら僕は、御茶の水の病院に行かなければならないことになんて気付けず、彼女の心臓を診《み》るのが初めてな近くの病院に連れていってしまっていただろうし。……自信が、ないんです。精一杯を尽くすことすら、まるで出来そうもないんです」

最後に、本音が出ました。追って、恐いといいかけましたが、それを口にしてしまうとどうにか乗り切ってきた月曜日からこの時までの全てを裏切ってしまうような気がして、僕は辛《かろ》うじてじて堪《こら》えました。

「そうね。あのコと同じで、男のコとはいえまだ十七歳なのですものね。荷が重過ぎますよね。私達ですらギリギリなのに……。気持ちを考えてあげられていなくて、済みません。こちらの都合ばかし押し付けていました。だけれど、親ではしてあげられないことばかりで……。あのコはちゃんと私が説得しますすね」

彼女の母親はそういうと頭を下げ、トートバッグ、お洋服、携帯電話を抱えて立ち上がり、部屋を出て行きました。見送り、僕はダイニングに戻り、立ち尽くします。キッチンのコンロに昨晩のままのカレーの鍋《なべ》が置き去りにされているのが、眼に映りました。僕の脳裏に、とんでもない勢いで鍋を掻《か》き混ぜていた彼女の姿、そして涙が蘇《よみがえ》ってきました。——そりゃそうでしょ。メイドさんじゃないんだもん。けど、私、君の恋人なんだよ。女のコなんだよ。本当は、ママが持たせてくれたカレーじゃなくて、美味《おい》しくなくてもいいから、自分で作ってみたかったよ。

僕は携帯電話を手に取り、一番新しい着信履歴を出し、コールしました。相手が応答すると僕はいいました。

「先程は、失礼しました。明日、予定通り、二人で大阪に行きます。行かせて下さい。お願いします」

もう、迷いはありませんでした。

午後一時十三分、東京発ののぞみに乗って僕達は大阪へと向かいました。

東京駅で僕達は落ち合う手筈《てはず》で、僕達は待ち合わせ場所として、最もポピュラー、皆が利用するという銀の鈴なるスポットを選択しました。沢山《たくさん》のベンチが置かれ、そこに座れない人はトランクや旅行鞄《かばん》を手に立っていてごった返している銀の鈴に時間より早く僕は着きました。

彼女は十分遅れ、前日も羽織っていたコートの下に、火曜日、一緒にInnocent Worldを訪れた際に購入した、胸の部分にシャーリング加工がされた緑色の姫袖《ひめそで》のガウンのようなものが重なったスクエアーネックワンピースに白いボンネット、オーバーニーの白のトーションレースソックスに黒のストラップシューズというコーディネイトで、プードルのイラストがプリントされたBABY, THE STARS SHINE BRIGHTのピンク色のキャリーバッグを引き摺《ず》り現れました。緑のワンピースはとっておきの日に着たいといった彼女の言葉を僕は思い出しました。Innocent Worldの本店に行く。彼女にとってそれは何にも増して特別、やんごとなき事柄なのです。人混みのスゴさに到着しても、ここではなかなか見付けるのが困難だろうと思っていましたが、僕は遠くから銀の鈴へと向かってくる彼女の姿をすぐに発見することが出来ました。

雑踏の中で、全身ロリータな彼女はすこぶる目立ったからです。ロリータはこういう時、便利なのだなと僕は感心してしまいました。

この日、僕はJean-Paul Gaultierの黒い縁がアルミフレームのショルダーバッグを肩から提《さ》げ、MILK BOYの腕にワンポイントの刺繍《ししゅう》がある黒いジャケットにh. NAOTOの白いシャツを併《あわ》せ、同じくh. NAOTOのブラックタイを締め、ボトムはMILK BOY、黒とベージュのチェック柄のカーゴパンツ、そしてHYSTERIC GLAMOURで求めたレザーのトレンチコートという出《い》で立ちでした。僕の前に歩み寄るなり、彼女は問います。

「どうしたの？　君、今日は何時《いつ》もと違って、フォーマルじゃん」

「僕なりに考えたんだよ。初めての旅行だし、ホテルでは兄ということにしなければならないし、資生堂パーラーにも行くし、それに、やっぱり、全身Innocent Worldで決めているお嬢様の彼として恥ずかしくない格好をしたかったから」

「大人っぽいよ。とっても」

「でも……併せる靴がなかったんだ。だから、SWEARのスニーカーなんだけど」

「全然、平気。充分だよ。カッコいいよ」

「本来なら、Vivienne Westwoodのスーツとかで、バシッと決めたかったんだけれど、そんなの持ってないし、買いに行く暇もなかったし、あったとしてもとても高くて買えないだろうし、僕のワードローブではこれが精一杯だったんだ」

「有《あ》り難《がと》う」

そういうと彼女は俯《うつむ》き、口元に笑みを浮かべながらも、泣くのを懸命に堪《こら》えるような表情になり、周囲に大勢の人がいるのもお構いなし、僕に抱き付きました。

「君は、世界で一番、素敵な……。最高の彼氏だよ」

新幹線の乗車券売場で、僕はグリーン席を買いました。グリーン車に乗車すると彼女は財布を出し、代金を支払おうとしましたが、僕は受け取りを拒否しました。

「どうして？ 私、この旅行中はかなりお金持ちなんだよ。ママから二人分の交通費と宿泊費、それにご飯を食べたり、Innocent World でしこたまお買い物するお金を貰《もら》ってあるんだよ」

「君の財布に入っているのは、自分で稼いだお金じゃないだろ。お買い物は、ママがくれたお金ですればいいよ。だけど、後は全部、僕が出す。ちゃんと僕の銀行口座からおろしてきた」

「私が誘ったんだもん。君に出させるのは悪いよ。それに、君の口座のお金も、私が貰ったお金と同じで、君が働いて得たものじゃないでしょ。口座に入っているのは毎月、君のママとパパが、一人暮らしをするのに必要だからと振り込んでくれている生活費な筈だよ」

「確かにそうだけど、嫌《いや》なんだ。この旅行は僕の為《ため》のものでもある。僕の両親に気兼ねしてしまうというなら、僕は今日と明日で使ったお金を、将来、アルバイトをしてきちんと返すから」

「決意は固そうだね」

「うん。これればかりは譲れない」

「了解。それではダーリンに甘えちゃいます」

約二時間半で新幹線は新大阪駅に到着します。静岡を過ぎた辺りで、彼女は薬を飲みました。そして京都の手前でも。僕達は新大阪駅から地下鉄に乗り換え、心斎橋《しんさいばし》で下車します。彼女が予約したホテルは駅と直結していたので、僕達は先《ま》ず、チェックインすることにしました。ホテルに泊まるのは初めてだったもので、チェックインの方法は彼女に新幹線の中で教えられてはいたものの、いざフロントで手続きをするとなるとかなり緊張しましたが、スムーズに部屋の鍵《かぎ》は貰えました。ポーターの人が彼女のキャリーバッグを預かり、エレベーターに乗り、部屋まで案内してくれます。

「ホテルの人、大阪弁じゃなかったね」

「そりゃ、そうだろ」

「おいでやす。こちらのお部屋でんがな――っていわれるんだと思ってた」

「〝おいでやす〟は大阪弁じゃないし、もし大阪弁を使うとしても〝でんがな〟は、そういうふうには使わない」

「詳《くわ》しいね。そうか。君、京都生まれの京都育ちだものね。さ、それではInnocent Worldにいきます、でんがな」

「少し休んでからのほうが良くない？　新幹線の中で二度も発作の気配があっただろ」

「心配ない、でんがな。それにもう四時過ぎでしょ。ゆっくりしてたら、お店が閉まっちゃう」

「何時までなの」

「八時」

「このホテルから近いんだろ。幾《いく》らゆっくりしていても、閉店までまだ時間はたっぷりあるじゃない。まさか、三時間以上、居座るつもり？」

「それは、行ってみないと解《わか》らない、でんがな」

彼女はキャリーバッグからトートバッグを出し、そこに財布、薬袋、Volvicを入れ、一枚の紙を僕に見せました。

「これが地図。私はプリンタを持ってないから、パパのパソコンのプリンタでプリントして貰ったの」

一刻も早く彼女にとっては聖地ともいうべきInnocent Worldの本店に足を踏み入れたいのだな。僕は早速《さっそく》、ホテルを出ることを承諾せざるを得ませんでした。

地図にはステイしているホテル日航大阪もランドスケープとして記されていました。地図の案内に従い、僕達はInnocent Worldを目指します。どうにも猥雑《わいざつ》でがさつな雰囲気のお店が立ち並ぶ幅の狭い道路に出ます。

「ローソンがここにあって、その横のレンガのビルだから、ここかな？　何処《どこ》から入るんだろ」

「これは普通のマンションだろ。違うよ」

「でも、これしかないじゃん。とりあえず、入ってみようよ」

地図には「『ローソン』隣の入り口の茶色いレンガ造りのビル506号室です」と案内が記されていました。それに合致するのは確かに彼女が示す建物以外、見当たりませんでした。しかし事務所として使われている部屋はあろうとも、ショップが入っているビルとはとても思えません。ビル周辺の雑然さ具合は原宿と似ていました。が、原宿の場合、ビルの入り口付近は様々なテナントによってけばけばしくカスタムされてはいるものの、ビル本体は綺麗《きれい》。しかし僕達が見付けたビルはレンガ造りといえば聞こえはいいものの、オンボロで、どうにも胡散臭《うさんくさ》いのです。それでも彼女がビルの中に入っていってしまったので、僕は跡を追いました。エレベーターのボタンを彼女は押します。エレベーターの扉は何故《なにゆえ》にそんな色にわざわざする必要があったのかと頭を痛めてしまう品のないピンクでコーティングされていました。五階に出ると黒いドアが並ぶ人気《ひとけ》のない廊下が現れます。彼女は廊下を左に向かってゆっくりと歩き始めました。

「やっぱり、ここ、只《ただ》のマンションだよ」

「そうかも」

「うろうろしてたら、不審がられるよ」

「あ、あった！」

ドアが開けっぱなしになった、黒いイーゼルに、看板代わり、緑色のシックなジャンパースカートを着た外国人の女のコの写真が入れられた金縁の大きな額を入り口に立てた部屋がありました。イーゼルの下には、エレベーターとは大違いな淡い上品なピンク色をした薔薇《ばら》の造花が飾られています。なるほど、これはInnocent Worldに相違ありませんでした。

上部が小さな星、中央が天使、下部が縦のストライプと三種類の異なったクロスが貼られた壁のエントランスの床には、赤いロゴ入りの絨毯《じゆうたん》が、透明の硝子《ガラス》に茶色い縁取りをした金のノブ付きの店内へと至る扉まで続いています。彼女はイーゼルと額を見付けると喜びを隠せず小走りに駆け寄ったのですが、絨毯を前にすると、そこで立ち止まり、眼を閉じ、唇を嚙《か》み締め、両手で心臓を押さえました。僕は彼女の腕にあるトートバッグの中に手を入れ、薬袋とVolvicを出します。

「……いい。……お薬……いらない」
「駄目だよ」
「発作じゃないの。気持ちを落ち着けているの。一寸《ちょっと》だけ、待ってね。——私、今、本当にInnocent Worldの本店に入ろうとしているんだよね。いいのかな？ 私が入っても。神様、天使様、夢ならどうかあの扉を開けるまで、醒《さ》まさないで」

早口で呪文《じゅもん》を唱えるように呟《つぶや》くと、彼女は眼をゆっくりと開きました。

百合《ゆり》か水仙の形をした六灯のシェードを持つ華奢《きゃしゃ》ながら優美なシャンデリアが二ヶ所に付けられた天井。アールヌーヴォー調の画家達が好みそうな草花のモチーフがレリーフみたく模様として組み込まれている白いクロスの壁。エントランスの絨毯よりも浅い色調の赤色のカーペットが敷き詰められた床。薔薇柄のカーテンで隠されたフィッティングルーム。巨人な金縁の額の中で四人の天使が戯《たわむ》れる絵が前面に据えられたマホガニー調のレジ。イギリスの高価なアンティークだと思われる深い褐色のキャビネット。ブラウスやスカートが掛けられた部屋の中央に置かれた猫足の、硝子の天板に花が飾られた不思議なフォルムの白いラック。正面の壁をぶち抜いて周囲を金で額のように縁取り、奥に二体のお洋服を纏《まと》わせたトルソーを並ばせた、ファンタジックな騙《だま》し絵仕立てのディスプレイ。

Innocent Worldの本店は、基本的には原宿店と同じ様相でしたが、比較してみるとディテールに全く隙《すき》がなく、本店ならではの風格を持っていました。ロココの時代、貴族の生活における支配権は女性にあったといいます。従い、住居《すまい》の装飾も家具選びも全て、女子の趣味嗜好《しこう》が反映されたのです。貴婦人達は社交の場として邸内にサロンを設けました。が、それとは別に、召使いや恋人、ごく親しい人間しか通さぬ自分だけがくつろげるプライベートな、ブドワールという部屋を有《ゆう》していました。原宿店がサロンだとするとここはブドワールではないか。僕はモーツァルトの『弦楽五重奏第三番』が流れる店内を見渡しながら、そんな想いに駆られてしまいました。

部屋のセンターに位置するラックに掛かっている以外の商品は、原宿店同様、全て壁際、まるでクローゼットにでも収納されているかのように並んでいました。長い間、ラックの脇に立ち、呆《ほう》けたように、否《いや》、その眼に映る何もかもを脳裏に焼き付けるようにショップを見渡していた彼女は、やがて、お洋服を吟味《ぎんみ》し始めます。黙々《もくもく》と、一枚一枚、慎重にお洋服を手に取っていく彼女は、お買い物というより、熱心に絵画鑑賞をしているふうでした。

そうして店内を一周し、小物も含むアイテムを全部観《み》終えた彼女は、大仕事を成し遂げたかの如《ごと》く、ゆっくりと深呼吸をしました。多分、彼女の只《ただ》ならぬお洋服選びの様子に気後《きおく》れして、ずっと接客のタイミングが計れなかったのでしょう。ようやく店員さんが近付いてきて話し掛けます。

「失礼ですが、初めましてーーで、宜《よろ》しいですよね?」

「初めましてです」

「でも、今日着ていらっしゃるのは全部、うちのお洋服ですよね。とても可愛く着こなしておられるので、嬉《うれ》しくなってしまいます」

「そんな……。私、ずっとInnocent Worldが大好きで、でもロリータさんデビューしてからまだ一週間も経っていなくって。変、じゃないですか?」

「完璧《かんぺき》ですよ。そのスクエアーネックワンピース、グリーンが一押しなんですけど、着こなすのが難しいんですよね。だからフィッテングして、結局、黒かピンクになさる方が多いんですけれど。何時《いつ》も通販ですか? それとも京都のセレクトショップのフラスコで」

「原宿店です」

「東京からいらしたんですか」

「はい。どうしても本店に来たくて」

「わざわざ、有り難うございます。何か気になるものはございましたか?」

「火曜日、原宿店に行ったばっかしなので、殆《ほとん》ど、チェック済みなんですけど」

「火曜に行かれたのなら、そうですよね。もう少ししたら新作が少し出るんですけれど。なのでどうぞ、ゆっくり雰囲気だけでもお楽しみ下さい」

「でも、せっかくだからお買い物、したいのです」

結局彼女は、ピンクの二種類の王冠がハートやスペードのラインに挟まれたプリントがスカート部分と胸元にある、王冠とトランプリボンジャンパースカートなる長ったらしい名前のジャンパースカートと、ショールカラーの、今度はハートやスペードの形をしたボタンがフロントと袖口に付いたオフホワイトのトランプボタンブラウス、そして生成《きな》りの襟元にどっさりとトーションレースが使われたカットソー素材のボレロ、襟と袖口に茶色いファーがあしらわれた、白地にピンクの薔薇の絵が咲き乱れるダブル・ブレストのロングコート、ジャボみたいなレースが幾重《いくえ》にもなったピンクのネクタイ、白いレース付きハイソックス、薔薇柄のケミカルレースとチュールレースで構成された、装着すればリボンをしているように観えるピンクのヘッドドレス、加えてリボンがアクセントになったピンク色のストラップシューズ、を購入しました。

Innocent World を出るともう八時近くで、夕飯を何処《どこ》かでと思いましたが、彼女の荷物が多いので僕達は一旦《いったん》、ホテルに帰ることにしました。ダブルベッドに彼女は買ってきたばかりのお洋服を袋から出して並べると、その上にダイブ、手足をバタバタとさせ始めました。

「何、してるのさ」

「感動、しているの。だって、Innocent World の本店に行ってきたんだよ。それでもって、可愛く着こなしているって誉《ほ》めて貰ったんだよ。お世辞でも、舞い上がっちゃって当然でしょ」

「食事、どうする?」

「どうでもいい」

「お腹空いてないの?」

「よく解らない。空いてるかもしれないけど、胸は一杯だよ。でも、そうだな。大阪に来たんだから、たこ焼きがいいかな」

「たこ焼きかぁ。何処に行けばいいんだろ。土地鑑がないから、てんで見当が付かないや」

「ホテルのレストランかラウンジに、あるでしょ」

「ないと思う」

「大阪の人にとって、たこ焼きとお好み焼きは主食なんでしょ。絶対に、ある」

彼女は大阪をかなり誤解していました。僕はその思い込みを正すのは厄介《やっかい》と考え、部屋の机の上にあった施設案内を開き、ホテルのレストランやラウンジが紹介されているページを見せました。日本料理、中華、寿司……。様々なお店がありましたが、当然、たこ焼き、お好み焼きを食べさせる処《ところ》は見当たりません。

「この、鉄板焼きって書いてある処にならば、あるんじゃない?」

僕達は三階の鉄板焼きのお店に行ってみました。表に出されたメニューを読み、たこ焼き、お好み焼きの表記がないことを彼女に認めさせようとしましたが、彼女はどうにも納得がいかないらしく「訊《き》いてくる」、一人、お店の中に入っていきました。すぐに彼女は出てきました。

――「ないっていわれた。不思議だね」。不思議ではありませんでしたが、僕は「そうだね」と適当な相槌《あいづち》をうちました。

たこ焼きは無理だったので、僕と彼女は同じ階にあるフレンチのレストランでディナーを摂《と》ることにしました。前菜がフォアグラのテリーヌ、メインが牛フィレな八千円のコースを頼みました。二人とも、フォアグラを口にするのは初めてでした。

「フォアグラって、豚が土の中から見つけ出すんだよね」

「それは、トリュフ」

「あ、そうか。フォアグラは鮫《さめ》の肝臓だ」

「惜しいようで、全然、違うよ」

食後のデザートを食べ終えコーヒーを飲みながら、これからせっかくなのでホテルの周辺をうろついてみようか、そうすればたこ焼きのお店もあるだろうしと話し合い、お店を出た瞬間、彼女はまた発作を起こしました。

バッグを開く余裕もなく、彼女は廊下に蹲《うずくま》ったかと思うと、荒い呼吸と共に倒れ込みました。顔は土色、唇は紫に変色し、明らかにチアノーゼが生じています。僕は投げ出されたバッグを拾い、薬の袋とVolvicを出しました。赤い錠剤を二つ、白い楕円《だえん》の錠剤を一つ、平たい錠剤を四つ、オレンジの錠剤を二つ、シートから出すと、歯を食い縛り、胸を左手で握り締めるようにする彼女の上体を起こし、口を抉《こ》じ開け、含ませ、蓋《ふた》を開けたVolvicを唇にあてがいます。僕は水で錠剤を飲んだのを確かめ、白い包みを二袋、半透明の包みを二袋、大きな白い包みを三袋開け、また彼女の口を開かせると顆粒《かりゅう》を全て放り込みましたが、再度、Volvicを与えたならば、彼女は咽《む》せ、口内のものを半分くらい、吐いてしまいました。どうしたらよいのか解らなくなりました。が、彼女は震えながらも自力で、僕の手から開封していない三種類の顆粒の包みを右手で奪い、先《ま》ず大きな白い包みの封を三つ切り、中身をVolvicで流し込むと、すぐさま後の二種類の顆粒も二包みずつ同様にし、両手を胸に当てると、自分の心臓と会話をするかの如く眼を瞑《つむ》りました。徐々にではありますが、心臓が正常な速度とリズムを取り戻そうとしているのが、息遣《いきづか》いから察せられました。

「あー、ビックリした」

発作を薬で抑えた彼女は他人事《ひとごと》みたくそういうと立ち上がり、トートバッグにVolvicと薬を仕舞《しま》いました。

「薬、吐き出したけど、薬が飲めないくらい非道《ひど》い状態だったんだね」

「そうじゃないよ。君、顆粒を全部、一時に飲ませようとしたでしょ。あれだけの量、一回では無理なの。錠剤は大丈夫だけどね」

「ご免《めん》。そこまで気がまわらなかった」

「仕方ないよ。それより、よく緊急事態に、ちゃんとお薬の量、間違えず飲ませてくれたね。尊敬しちゃう。私が君の立場だったら、無理だな」

「ホテルから出て徘徊《はいかい》しようっていってたけど、部屋に戻ろう。多分、新幹線での移動とInnocent Worldでのお買い物で、思っているより疲労していると思うんだ。どうしてもたこ焼きが食べたいなら、僕が一人で探して買ってくるよ」

「賛成。Innocent Worldだけで、もう私は満足したし。特にたこ焼きが食べたい訳《わけ》でもないし。だけど、せっかく大阪に来たのに、君はそれでいいの?」

「僕はたこ焼きになんて興味ない」

部屋に引き返すと、彼女は僕にバイアグラを飲ませ、「お風呂、用意してくるね」といいキャリーバッグから長細い紙の箱と四角い箱を取り出すとそれを抱え、バスタブに向かいました。お湯を張るのなぞカランを捻《ひね》ればいいだけなのに、彼女はなかなかバスルームから出てきません。心配になって覗《のぞ》きにいくと、彼女は電気の点《つ》いていないユニットバス式のバスルームでしゃがみ込み、ずっとバスタブにお湯が注がれる様子に眼を凝《こ》らしていました。

「見張っておかなくても放っておけば、お湯は溜まるよ」

「そうなんだけどね。君、私が合図するまで入ってこないでくれるかな。お風呂に魔法をかけたいんだ」

「魔法?」

彼女はそれに応《こた》えず、僕をバスルームの外に追い遣《や》りました。僕はもしものことがあってはと、バスルームの扉のすぐ横で耳を澄ませながら待機することにしました。五分程すると、「わぁー!」。彼女の叫び声が響きました。

「どうしたの」

「どうもしない。まだ、入ってきちゃいけないんだからね。後、五分待って」

「……」

「もう、いいよ」

バスルームに足を踏み入れると、蓋をした便器の上で硝子《ガラス》のケースに入った白い蠟燭《ろうそく》の灯《ひ》が揺らめいていました。化粧カウンターのボウルの横には脱衣したお洋服が畳んで置かれています。「ドア、閉めて」。彼女の指示通りにすると、密室がトワイライトに色付きます。彼女はバスタブの中にいました。が、肩から下は観えません。彼女が身体を沈めた浴槽には赤、黄、白、ピンク、大量の薔薇の花冠《かかん》が浮かび、入れられたお湯の表面を覆い尽くしていました。余りにも優美で幻想的なその光景に、僕は言葉を失いました。

「本物の薔薇の花なんだよ。こうやってお風呂に浮かべる用に、長野の薔薇園の人が摘《つ》み取ってパッケージしたものが売られているのを見付けたの。何時《いつ》かやってみようと思って、買って、家の冷蔵庫に仕舞っておいたんだけどね、家のお風呂でこんなことしたら、後始末が大変でしょ。一度、金ラメと小さな千日草《せんにちそう》の花が出てくるLUSHのバスボムを使ったことがあるんだけど、ママ、とても怒ったもん。掃除する身になりなさいって」

「綺麗……だよ」

「でしょ」

「陳腐《ちんぷ》な表現しか出来なくて、ご免」

「一緒に入ろうよ」

「勿体《もったい》ない」

「観せつける為じゃなくて、君と一緒に使おうと思って、持ってきたんだから」

服を脱ぎ、彼女と向き合うようにして僕はバスタブに身体をゆっくりと浸しました。入浴剤では決して味わえない、甘いけれども少し生臭い薔薇の花の香《か》が、鼻孔をくすぐります。僕は薔薇の花を摑《つか》み、花弁をちぎっていく彼女の姿をうっとりと眺め続けました。白いシンプルなバスタブの中、蠟燭の仄《ほの》かな灯に照らし出される薔薇を身に纏《まと》いし裸体の彼女は、ヴィーナス、否《いや》、紛《まぎ》れもない天使としか思えませんでした。僕のそんな感想を聞くと、彼女は人見知りをする子供みたく含羞《はにか》みました。

「天国って、こんな感じの場所なのかな」

「この百倍、壮大だよ。きっと」

「それなら、悪くないよね」

　僕達はお湯がすっかり冷めてしまっても、この薔薇で満たされた浴槽から出ませんでした。

先に立ち上がったのは彼女でした。

「もっと浸かっていたいけど、流石《さすが》に逆上《のぼ》せてきた」

「上がろうか」

「うん」

　バスタブの外に出ると、二人の身体には濡《ぬ》れた薔薇の花弁が至る処に張り付いていて、僕達はバスタオルでお互いを丁寧に拭《ふ》き合い、それを落とさなければなりませんでした。

「明日、この部屋に入るベッドメイキングの人、災難だよね。ご免なさいって、メモ、遺《のこ》しておこうか」

「それだったら、チップを置いて帰るほうが親切だよ」

「それもそうね。あー、君、スゴく勃《た》ってる。人のこと、天使だとか誉めながら、ちゃっかりこんなになっちゃって」

「バイアグラなんて、飲ませるから」

「そうかなー。今夜の私は天使なんだから、エッチなこと、出来ないよ」

いいながらも彼女は、膝《ひざ》をつき、僕のペニスを舐《な》め始めます。僕は欲情をセーブし切れず、まだ背中や足に薔薇の花弁を遺した彼女の脇に手を挿《さ》し込み、起立させると、性急にベッドへと連れていきました。

夢中で僕は彼女の身体を貪《むさぼ》り、三度、中で果てました。気が付くと、閉めっぱなしにしていた窓のカーテンの隙間から、朝の日差しが入り込んできていました。

「チェックアウト、何時だっけ?」

「十二時」

「起きられないよね」

フロントに電話をし、係の人に延長料金を支払うので三時までステイする、二時にモーニングコールが欲しいと伝え、僕達は眠りに就《つ》きました。


三ヶ月後、世界が終わる。もはやそれは回避することが出来ない。そんなニュースが流れ、人々は混乱した。激怒し、泣き喚《わめ》き、どうにか助かる方法はないかと模索した。が、方法はなかった。各地で凶悪な犯罪が起きた。しかしそれを取り締まる者はいなかった。警察官も政治家も、職務を放棄してしまっていたからだ。新聞もテレビも報道をしなかった。彼らもまた、もはや世界が終わるなら何をしても意味がない、残りの日々は遊び呆《ほう》けようとサボタージュしてしまったからだ。が、皆がそうなってしまった結果、遊園地は休園、スーパーマーケットもレストランも休業、電車も飛行機も動かなくなっていた。暇を持て余したという訳《わけ》ではないのだが、徐々に人々は日常生活を回復させ始めた。医者は治療をしても意味のない患者の風邪を治し、農夫はもはや収穫出来ぬ稲に水を遣《や》り、汗を流しながら周囲の雑草を抜くことに没頭した。天気予報士は誰も知りたがらない明日の天気を予想し、保険のセールスマンは将来の為《ため》に是非《ぜひ》と、担当地域を廻《まわ》り契約を一件でも多く取り付けようと躍起《やっき》になった。誰もがあらゆることが未来に絡《つな》がらないと解《わか》っていても、明日に向かって、歩いていた。理屈ではなく、本能がそうさせたとしか考えようがなかった。世界が滅亡する時間は、はっきりと知らされていた。会社でワープロを叩《たた》きながら、或《ある》いは学校で授業を受けながら、コンビニエンスストアで立ち読みをしながら、皆が一斉に時計の針に眼を遣った。……後、一分だ。

モーニングコールが鳴るまで、僕はそんな夢をみていました。彼女は既《すで》に起床していて、昨日に買ったトランプボタンブラウスの上から王冠とトランプリボンジャンパースカートを纏《まと》い、スカートの裾《すそ》をパニエで膨《ふく》らませている最中でした。

「何時《いつ》、起きたの?」

「十五分くらい前かな。おはよう、ダーリン」

ヘッドドレスの紐《ひも》を後ろで結び、すっかり支度《したく》を整えた彼女は、キャリーバッグのファスナーを全開にします。中はすかすかでした。そこに彼女は昨日着ていたお洋服を全て詰め込みます。

「荷物なんてそんなにない筈《はず》なのに、どうしてそんな大きなバッグを持ってきたのかと不思議だったけど、そうしてお洋服を入れる為に必要だったんだね」

「そういうこと。コートもあるし、第一、ロリータさんのお洋服ってかさばるから。用意周到でしょ。えーっと、トートだけは出しておいて、その中にお財布と携帯、お薬の袋とVolvicを入れて。——あ、Volvicがもう半分以上ない」

「冷蔵庫に、ミネラルウォーター、入ってたからそれを持っていけばいい」

「Volvicじゃなかったもん。お水なら何でもいいんだけどね、CRYSTAL GEYSERはアメリカだし、南アルプスの天然水は日本製でしょ。やっぱりどうせならおフランスのものがいいじゃない」

「evian、なかったっけ?」

「evianもアメリカでしょ」

「フランスだよ」

「でもボトルがアメリカっぽい。ほら、Innocent World の横にローソンがあったから、あそこで新しい Volvic、買うよ」

僕も急いで服を着ました。替えの下着とシャツは持ってきていましたが、その他は昨日のままでした。せめてネクタイだけでも違うものを持ってくれば良かったと悔やみましたが、日頃《ひごろ》、フォーマルな装いをしない僕は生憎《あいにく》、h. NAOTO のブラックタイ一本しか、ネクタイを持ち合わせてはいませんでした。それを詫《わ》びると、彼女は「気持ちだけで嬉《うれ》しいよ。でも、君がそう思ってくれるなら、私のネクタイ、確か黒色もあったから、ローソンのついでに、もう一度 Innocent World に寄って、買わない？」と、持ち掛けました。

「でも、幾《いく》ら黒ベースといっても激しく白いレースが縫い込まれているから、僕が結んだらおかしいよ」

「男のコでしょ。そんな細かいことは気にしない」

「男のコだから、気にするんだけど……」

しかし僕は彼女に押し切られ、ホテルのチェックアウトを済ませると、ローソンに行った後、Innocent World で彼女がしているピンクのものと色違いの黒いケミカルレースネクタイを求めることになりました。レジで代金を支払おうとすると、彼女が駆け寄ってきて僕を制します。

「これ、私が買ってあげる。この旅行に連れてきてくれたせめてもの、ささやかな私からのプレゼント」

Innocent Worldの店内で、彼女は僕の首に購入したてのネクタイを着けてくれます。彼女は僕の腕を引っ張り、鏡の前に連れていきます。色違いの、派手な同じネクタイをした二人の姿が映し出されました。

「お揃《そろ》い、だよ」

正直、そのネクタイが似合っているのかいないのか判断を付けられず、どうにも照れ臭かったのですが、彼女のはしゃぐ様子は僕のそんな気持ちを吹き飛ばすに充分でした。

地下鉄に乗り、新大阪へ。Innocent Worldを再度訪問したりしていたせいで、新幹線は午後四時十六分発、東京駅到着が午後六時五十三分ののぞみしか取れませんでした。

「資生堂パーラー、ギリギリだね。間に合うかな」

「銀座って僕は全く知らないから、迷うと微妙だな」

「私も銀座なんて行ったことない。けど、東京駅からそんなに遠くないでしょ。タクシーに乗って資生堂パーラーっていえば、大丈夫じゃない?」

「そうだね。ところで、遅くなったけど、お昼ご飯、どうしよう。ワゴンサービスでお弁当、買おうか」

「我慢する。だってお弁当でお腹が膨れちゃって、肝心のカレーが半分くらいしか食べられなかったら嫌《いや》だもん。昨日のホテルのフレンチなレストラン、ディナーのコースで、八千円だよ。なのに、一万五百円もする単品のスペシャルカレーを頼むんだよ。味も具もさることながら量も半端《はんぱ》じゃないと思うんだ」

東京から大阪への新幹線の中で彼女は二回、薬を飲みましたが、大阪から東京に至るまでも、浜松に差し掛かる頃、熱海《あたみ》を過ぎた頃、やはり発作の予兆があり、薬を二度、服用しました。グリーン車にしたとはいえ、列車での移動はかなり彼女の心臓に負担を掛けてしまうのです。

新幹線は定刻で東京駅に着きました。僕達は八重洲《やえす》口に出てタクシーに乗り込みました。

「資生堂パーラーまでお願いします」

「資生堂パーラーっていうと、中央通りのあれですかね」

「多分」

「松坂屋の斜め向かいの、赤いビルでしょ」

「そうです。そこです」

SHISEIDO の白いロゴが高く幅の広い自動ドアの上に刻まれた赤ではなく、シックなサーモンピンクのビルの前で僕達は降ろされました。中に入るとすぐにエレベーターがあり、制服の女性が「レストランのご利用でしょうか。カフェでしょうか」と実に丁重《ていちょう》に訊《たず》ねます。「スペシャルカレーの資生堂パーラー」。彼女が応《こた》えると、女性は「では四階でございます」、すぐさまエレベーターのボタンを押してくれました。そのエレガントな応対に僕は怯《ひる》みました。白一色のエレベーターの中で彼女の顔を窺《うかが》うと、彼女もまた、何時《いつ》になく畏《かしこ》まっていました。四階に着くと、今度はベージュのジャケットに黒いスカート姿の女性に出迎えられます。「お食事で宜《よろ》しいですね。お召し物とお荷物でお預かりするものがございましたら」。僕はコートを、彼女はコートとキャリーバッグを渡しました。

スーツをびしっと着こなした僕達の父親くらいの年齢であると思われる男性が、ナプキンが載せられた白い大きなお皿とフォーク、ナイフが既にセットされた白いテーブルクロスの掛かる二人用の席に案内し、椅子をひいてくれます。着席すると、男性は金色のフックのようなものを二つ取り出し、テーブルの左右に取り付けました。席まで持ってきた僕のショルダーバッグと彼女のトートバッグを床に置かず、掛ける為のものです。「先に何かお飲み物をお持ちしますか?」「ええと、ええと、オレンジジュース、ありますか?」「ございます」「じゃ、僕も」「かしこまりました」。スーツの男性が立ち去ると、僕達はお互いを見詰め合いました。

「緊張するね」

同時に同じ言葉を僕達は口にしていました。

「大人な世界だよ。私、テーブルマナーとか何も知らないけど、君は?」

「僕だってこんなきちんとしたレストランに来るのは初めてだよ」

「何とかなるかな」

「するしかない」

「二人で力を合わせて、頑張ろうね」

「ともかく、どんな応対をされようがびくつかないようにしよう。僕は御曹司《おんぞうし》。そして――」

「私はお嬢様ね」

小さな声でそんな会話を交わしていると、スタンドカラーのシャツに黒いベスト、エプロンを付けた如何《いか》にもギャルソンな格好をした男性が、メニューを持って現れます。コースや、ビーフシチュー、ポタージュ、グラタンなど様々なアラカルトが並ぶ右下に、罫線《けいせん》に囲まれ〝伊《い》勢海老《せえび》とアワビのスペシャルカレーライス〟はありました。僕は罫線を指差し「これを二つ」と出来る限り、落ち着いた口調で頼みました。

メニューを抱えてギャルソン風な男性がいなくなると、先の背広の男性がオレンジジュースのグラスを運んできます。男性はお皿の上のナプキンを取るようにと促《うなが》し、フォークの横にスプーンを置くと、テーブルの上のお皿を持ち帰りました。一連の動きがとてもスマートだったもので、只《ただ》、テーブル上のセッティングを変えられただけなのに、僕はテーブルマジックを観《み》せられたような気分になりました。

「では、乾杯」

彼女がオレンジジュースのグラスを掲げます。僕もグラスを持ち上げました。

「何に、乾杯する?」

「そうね。君のロリータさんデビューでは如何《いかが》かしら」

「ネクタイだけだよ」

「じゃ、ロリータさんプチ・デビューに乾杯」

やがて、テーブルの端に福神漬《ふくじん》けや辣韮《らっきょう》など四種類の薬味がセットされた奇妙な形の銀の器具が、小さな四本のスプーンと共に置かれ、背広の男性とギャルソン風な男性が二人掛かりで、僕達の席の近くにクロスが被《かぶ》さったキャスター付きの台を転がしてきました。ギャルソン風な男性は僕達の眼の前に大きなフライパンを出します。フライパンには生《なま》のとても大きな伊勢海老とアワビが載せられていました。「これをバターを使い、焼かせて頂きます」。ギャルソン風な男性は僕達が頷《うなず》くのを待ち、それを確認すると運んできた台に向かって下がります。背広の男性がクロスを取ると、火の点《つ》いたコンロが現れました。キャスター付きの台は可動式のコンロだったのです。フライパンが火に掛けられます。他の席で食事を摂《と》っていた人々が手を止め、その様子を珍しそうに眺め出します。フライパンにアルコールが垂らされました。一瞬、炎が高く上がり、周囲から微《かす》かなどよめきが沸きました。僕も思わず声を上げかけましたが、飽《あ》くまで御曹司を気取っていなければならないので、ぐっと堪《こら》えました。充分に火を加えられた伊勢海老とアワビは、フライパンからコンロに備え付けられたボードに移され、そこで素早くナイフを入れられた後、白いお皿に盛り付けられます。お皿の上は伊勢海老とアワビに占領されました。ご飯はどうやって出てくるのだろうと思っていると、新たに銀のボウルが登場します。ボウルにはご飯が入っていました。伊勢海老とアワビの間に割り込むようにして、少量のごはんがお皿に添えられます。

これが、一万五百円の伊勢海老とアワビのスペシャルカレーライスなのでした。僕と彼女の前にお皿は運ばれ、カレーのルーが入れられた銀の器、フィンガーボウル、サラダがそれを囲むように並びます。

「カレーはさ、海老とアワビの上にも掛けるのかな」

「好みでいいんじゃない」

「だよね」

「しかし、とんでもないよね。このカレーは。だって、普通にアワビはアワビ、伊勢海老は伊勢海老として順番に運んできて、コースにしちゃえば、一万円でも安いくらいなのに、わざわざカレーとして一皿にしちゃってるんだよ」

「だからこそ、贅沢《ぜいたく》の極みなのよ。美味《おい》しい……。素晴らしいわ。想像以上よ。パフォーマンスまであったし。私、これが十万円に値上がりしても、注文するわ」

食後のコーヒーを頼み、資生堂パーラーを出たならば午後九時前でした。

「駅、どっちかな」

「電車にすると乗り換えがあるし、そのキャリーを持ち運ぶのも大変だろうから、タクシーに乗っちゃおうよ」

「でもここから家までだと、かなりの距離でしょ？　勿体《もったい》ないよ」

「一万五百円のカレーを食べた後なんだから、最後までゴージャスに行こう」

「それもそうね」

僕達は資生堂ビルの前の道路を走る空車の小型タクシーを摑《つか》まえます。「先《ま》ずは三鷹の三鷹台に行って欲しいんですが」。僕がいうと、彼女が「ではなく、荻窪」と訂正しました。

「今夜も君と過ごしたいの」

「そんなことをしたら」

「ママとパパなら構わないから。もしどうしても帰って欲しいと頼まれたら、君の処《ところ》に少しだけ寄った後、帰宅するようにする」

彼女はそういうと、携帯電話を取り出しました。

「あ、ママ。うん、楽しかったよ。——そっちも問題ない。平気。でね、私、さっき資生堂パーラーでものスゴいカレーライスを食べ終えたばかりなんだけど、今夜もお泊まりしていいかな。──そう、彼のお家《うち》。──朝、迎えに来てくれればいいから。それで、戻って学校に行くお支度をするね。──解った。伝えておく。じゃ、明日、今日のカレーの話、聞かせてあげるね」

彼女は携帯をトートバッグに仕舞《しま》いました。

「お泊まり、OKだって。ママから君への伝言。こんな娘の相手を二泊三日するのは大変でしょうけど、宜しくお願いしますって」

「よく赦《ゆる》して貰《もら》えたね」

「パパもママも、君のこと、かなり気に入っているみたいよ。やっぱり、君は婿《むこ》養子になるべきね」

彼女はそういい、僕の手を握り、肩にちょこんと頭を預けてきました。運転手さんが問います。

「荻窪は、どの辺りでしょうか」

「天沼です。四面道《しめんどう》の手前というか」

「青梅《おうめ》街道を真っすぐで、いいんですかね」

「環八《かんぱち》寄りなんですけど」

「それじゃ、青山から表参道を右で、井の頭から甲州街道を突っ切って、高井戸《たかいど》から環八に出ましょうか。それが一番、早いと思うんですけどね」

そんな道順を説明されても、まだ東京に来て長くなく、車に乗らない僕はよく解りません。彼女に訊ねると、彼女も首を捻《ひね》りました。

「お任せします。ここからどれくらい掛かりますか?」

「日曜ですからねー。車は少ないし、空いていれば三十分、普通でも四十分、掛からない筈《はず》ですがね」

タクシーを使うことにしたのは、なるたけ、移動を簡易にして彼女の心臓への加重を軽減させたかったからです。車は順調に進みました。が、高井戸から環八に出ると、車の量が急に多くなり、非道《ひど》い渋滞の列に巻き込まれ、僕達を乗せたタクシーは動かなくなってしまいました。

「工事でもやってるんですかねぇ。それにしてもこんなに混むのはおかしいな。事故でもあったかな。四面道まで、本当なら後、五分ってところなんですがね」

信号が赤から青になっても車は進まない。信号は悪意でも持っているかのようにすぐに青から赤へと変わる。時折、この混雑に焦《じ》れたであろう車が鳴らす、ヒステリックなクラクションの音が響きます。彼女の口数が徐々に少なくなっていきました。

運転席の時計の針が午後十時半を指します。順調ならば九時半にはもうマンションに到着しているのに、約一時間半、僕達はタクシーに閉じ込められた形になっていました。彼女が徐々に衰弱していくのが解りました。彼女は額にうっすらと脂汗を滲《にじ》ませ、ぎゅっと眼を閉じていました。僕ですら、後少しの距離に立ち往生している状況と長時間の乗車に大きなストレスと息苦しさを感じていました。今、彼女の心身はどれ程の疲労と戦い、堪えているのか——。そのコンビニエンスストアを越え、細い河川を越え、東京電力を通過して高架を越えれば、すぐに四面道の交差点なのに。歩いて十五分も掛からないだろう。まるで命綱であるかのように僕の腕を握り締める彼女に声すら掛けられず、僕は一心に、少しでも早く渋滞が緩和されるを願うしかありませんでした。

やがて彼女は席に座っているのすら困難になったのでしょう。「ご免《めん》……。身体、倒していいかな……」。消え入るような声を振り絞り、僕の膝《ひざ》の上に仰向けになって、ぐったり倒れ込みました。僕がトートバッグから薬の紙袋とVolvicを取り出すと、彼女は僕の顔を見上げながら、首をゆっくり横に振りました。それは幸《さいわ》い、発作の予震は来ていないという表示でした。僕はタクシーを降り、徒歩でマンションまで向かったほうがいいかもしれないと思いましたが、弱り切った彼女にとってその選択がベターなのか否《いな》かの判断がつけられませんでした。

思案しているうち、外では雨が降り始めました。依然停滞する道路とは裏腹に、雨は急速に勢いを増していきます。車から出るは、もうなりませんでした。

突然の雨のせいか、車の流れが増して悪くなったように感じられました。フロント硝子《ガラス》の向こうの信号が滲んでぼやけます。暫《しばら》く沈黙していた運転手さんがのんびりとした口調で、こう訊ねてきました。

「嗚呼《ああ》、十一時になっちまった。この道はどうしようもないみたいですねぇ。お客さん、抜け道、知りませんかね?」

一瞬、僕の中で見当違いな運転手さんへの怒りが暴発しそうになりました。しかしそれはすぐに訪れた脅威によって身を潜《ひそ》めました。彼女が己《おのれ》の胸を押さえ、苦悶《くもん》の表情を浮かべ始めたのです。

危惧《きぐ》していた発作。僕は膝にある頭を少しだけ起こし、バッグから出したままでいた薬の紙袋から処方箋《しょほうせん》通りの数の錠剤をVolvicと一緒に彼女の口に含ませ、顆粒《かりゅう》の用意をしました。錠剤を飲み込んだを確かめ、今度は昨日のような失敗をしてはいけないと二度に分け、彼女に命を絡《つな》ぐ粉を与えます。薬は必要量、彼女の喉《のど》を通りました。

数分経《た》てば薬の効力により、観るに耐えない痙攣《けいれん》は治まり、土色に変化した顔は血色を取り戻し、唇は不吉な紫から元通り、ピンクに回復する筈でした。しなければ……ならないのでした。それなのに、余りに長時間車中にいるが為《ため》、もはや心身共に限界なのか、彼女の身体は激しく震え、息遣いは嘔吐《おうと》し続けるかの如《ごと》く凄惨《せいさん》になる一方。白眼を剝《む》き、不定期に大きくバウンドする彼女。もはや意識は飛んでしまっているようでした。シートから落下しないように彼女の四肢を押さえますが、渾身《こんしん》の力を込めなければ、彼女に取り憑《つ》いた魔物を圧することが出来ません。今、心臓はどうなっている。まだ、壊れてしまうと見限らないでくれ。頼むから。もう少しだけ踏ん張ってくれないか。僕の命と引き換えでいい。

このまま、彼女は——。

大粒の雨が容赦なく窓硝子に激しく当たる音だけが、何故《なぜ》か僕の耳に響いていました。

このまま、彼女は——。

このまま、彼女は——。

ねぇ、神様。彼女は神様がいるかどうかは解らないといっていたけれど、絶対にいるのだと、貴方《あなた》の存在を肯定したのだよ。そして貴方が存在するのだとしたら、貴方に感謝したいといったのだよ。貴方が死を与えるなら、それはアバウトでもなく理不尽でもなく、法則に基づいたベストな結果なのだから、受け入れると決めたのだよ。貴方に対してこれ程寛大な彼女を、貴方は雨の中、渋滞で動きの取れないこんな小型タクシーの後部座席で殺してしまうというのか。貴方が存在し、全ての事象を動かしているならば、僕は決して貴方を敬《うやま》わない。貴方がどんな天罰を用意しようとも、僕は貴方を心の底から恨む。恨み続け、そして呪《のろ》い続ける。感謝される価値など、貴方にこれっぽっちもあるものか。傲慢《ごうまん》で頭の悪い神よ。本当に美しいもの、大切なものをまるで理解していない神よ。どうして僕にほんの少しの力すら与えない。ささやかな願いすら聞き届けてくれない。何《いず》れ、貴方は後悔する。己の罪深さを前にし、立ち竦《すく》む。愛した者を失った時に——。そうだ。貴方は愛する者を失った経験を持たないのだ。でなければ、こんなにも酷《むご》い仕打ちが出来る筈がない。貴方が愛する者を手放さなければならなくなった時、僕は貴方を嘲笑《あざわら》う。渾身の力を振り絞り悪意で貴方を罵倒《ばとう》する。それが嫌なら、どうか彼女を生かして下さい。助けて下さい。後、もう少しだけ、猶予を下さい。何でもします。何でもしますから……。

彼女の発作が治まったのは、タクシーが高架に差し掛かる手前でした。発作が止《や》むのとシンクロするように渋滞は緩和され、タクシーは四面道の交差点を右折、青梅街道方向に曲がりました。僕のマンションの前にタクシーが到着する頃、土砂降りの雨は霧雨《きりさめ》に変わっていました。

「もうダメかと思っちゃった」

今まで痙攣していた身体を僕の首に両手を廻しゆっくりと起こし、彼女は何度も瞬《まばた》きをしながらも僕をじっと見詰めます。

「呼吸がまるで出来なくて、視界がね、真っ暗になっちゃったの。どれくらいの間、私、苦しんでたのかな」

時計を観ると、十一時二十分。発作が起こる直前、運転手さんは十一時になってしまったといいました。きちんとは解りませんが、少なくとも十分以上、多分、十五分くらい、彼女は荒《あら》ぶる心臓と格闘し、生死の狭間《はざま》を彷徨《さまよ》っていたのです。

「薬は、効かなかったんだね」

「効いてたよ。お薬が頑張って発作を抑えてくれてはいたんだけど、心臓が暴れる力のほうが強かったみたい」

タクシーを降りると、彼女はふらつきました。二時間以上、まるで動かぬ車の後部座席に押し込められ、その上、さっきまで約十五分もの長い時間、発作に襲われていたのです。症状が落ち着いたとしても、彼女の精神と肉体の機能が著《いちじる》しく低下し、暫く回復しないであろうことは瞭然《りょうぜん》でした。自分のショルダーバッグは肩に掛け、キャリーバッグとトートバッグを右手に持ち、左手で足許がおぼつかない彼女の身体を支えながら、僕はマンションのドアを開きました。キャリーバッグとショルダーバッグは玄関に置き、トートバッグだけを抱えると寝室に直行し、僕は彼女にベッドに横たわるよう指示します。彼女は素直に従いました。

「何か、飲みたい？」

「お水がいい」

「うちには、南アルプスの天然水しかないけど」

「それでいいよ」

冷蔵庫から南アルプスの天然水のペットボトルを出し、グラスを二つ抱えてキッチンから寝室に踵《きびす》を返すと、彼女はミネラルウォーターをグラスに注がず、ペットボトルのまま半分、一気に飲み干しました。

「流石《さすが》に、ちょっぴり疲れちゃった」

「ちょっぴりじゃ、ないだろ。僕が悪いんだ。タクシーなんていい出さなければ良かったんだ。電車で帰ってくれれば」

「君が贅沢の延長ではなくて、私の身体を気遣って、帰りをタクシーにしてくれたことは、ちゃんと解ってたよ。その気持ちが嬉しかったから、甘えちゃったんだ。誰も悪くないんだよ。悪いのは、私の心臓だけ」

コートを脱ぎヘッドドレスを外すと、彼女はコンフォータを捲《めく》り、ベッドに潜《もぐ》り込みました。彼女はベッドの中で身に着けていたジャンパースカート、ブラウス、ネクタイ、パニエ、靴下、そして下着までもを次々、脱いで、床に落としていきました。

「お行儀よくないけど、赦してね。慣れてないせいもあるんだけど、ロリータさんなお洋服って、締め付ける部分も多いし、重いし、いろんな部分が凝《こ》っちゃうんだよね。暫く、身体を楽にしたくて」

「お風呂、入れようか」

「すぐに動けそうにないから、まだいい。それよか、少しだけ寒いな。お布団、気持ちいいんだけど。君に暖めて欲しいな」

「暖房、入れるの忘れてたよ。今、点けるから」

「そうじゃなくて――。お洋服を脱いで、ベッドに入ってきて欲しいの。裸で、抱き締めて欲しいの。何でこんなこと、女のコにいわせるかなぁ」

僕は全裸になり、隣に滑り込むと、慎重に彼女に被さり、両の腕を彼女の背中に廻しました。

「もっと強くして平気だよ」

「でも……」

「君にぎゅっとされたら、意地悪な心臓だって反抗しないよ。それが証拠に、ほら、さっきまでまだ若干、心臓の音が乱れてたけど、今は普通でしょ」

彼女は僕の頭を横向きにして、自分の胸に右の耳を密着させるようにして抱えました。

「君の身体の重みと温もりはね、不安定な出来損ない、こんな厄介《やっかい》な私の心臓すら、安心させてしまうんだよ」

彼女の心臓の鼓動が聴こえました。確かに心臓は動いている。多少、早急である気がするけれども、リズムを規則正しく刻んでいる。微かな振動を耳にするうち、自然と僕は泣いていました。

「どうしたの」

「どうもしない」

「さっきの発作もあるし、今夜はセックスすると危険な気がするんだ。君、いいかな？」

「うん」

「我慢、出来る？」

「バイアグラ、飲まされてないから」

それを聞くと、彼女は笑いました。そして少し沈黙した後、形勢を逆転させ、僕の胸に頭を擦《こす》り付けるとゆっくりと静かに、記憶の彼方《かなた》から言葉を選ぶように話し始めました。

「ねぇ——。前にさ、私——。死ぬことの意味は解らないけど、生まれてきた意味は解ったっていったでしょ。だけどね、今、死ぬことの意味も判明したよ。——死ぬことに意味なんてないんだよ。生まれたこと、生きることにはちゃんとした意味がある。というか、生きることで、生まれた意味って作られるんだよね。だからどんなふうに生きるかで、生まれた意味は変わってくる。——でもね、どう生きたかに関係なく、誰もがやがては死んじゃうでしょ。——もし、死ぬことに意味があるんだとしたら——神様は——ちゃんと生きることを全《まっと》うした人にしか、それを与えないと思うんだ。神様が志半ばの人を死なせたり、昨日まで元気だった人を突然、死なせたりしちゃうのは……神様が、誕生を重視していても、死に関心を持っていない証拠なんだよ。――だから、私、もう本当に、恐くないんだ。私の人生という箱の中には、勿論《もちろん》、いらないもの、嫌なものも入っていたんだけど、今、改めて覗《のぞ》き込んでみると、そんなものは捨てられちゃっていて、かけがえのないものしか残っていないし。――もうすぐ、死んでしまうんだけれど、私は誰よりも幸せだったって自信を持っていえる。だからね、その時が来ても悲しまないで欲しい。ウルトラ・ラッキーだよ。たった十七年の短い期間しかなかったのに、君に見付けて貰えて、君を見付けられて、愛し合えたんだから。一千万分の一の確率でサマージャンボ宝くじ一等二億円を当てた人より、私は世界で一番、宇宙で一番、ウルトラ・ラッキーな女のコだったよ」

その後、彼女は傍《そば》に置いていたトートバッグから携帯電話を取り出すと目醒まし時計として使う為にアラームを設定し、それを枕の下に押し込み、僕の手を握り締め、眼を閉じました。軽やかな寝息が軽く開いた口から漏れます。彼女の顔を眺めながらその呼吸に耳を傾けていると、僕も何時《いつ》しか深い眠りの奥へと落ちていました。

翌朝、彼女がアラームをセットした携帯電話が振動する音で僕は眼醒《めざ》めました。
彼女を起こす前にキッチンに行って冷蔵庫から缶コーヒーを取ってこようと、ベッドからそっと抜け出し、仰向けでコンフォータを肩まで被《かぶ》り、枕に頭を沈め、行儀の良い姿勢でまだ眠っている寝顔に眼を遣《や》った瞬間、僕はもはや缶コーヒーが必要ないと気付きました。

彼女は、死んでいました。身体を揺すらなくとも、息があるのかないのかを確認しなくとも、彼女がもう永久に眼を醒まさないことを僕は悟りました。うっすらと笑みを湛《たた》えているような死に顔は驚く程に穏やかで、あどけなく、安らかでした。きっと、心臓は一瞬のうちに停止し、素敵な夢をみたまま、苦しまず旅立ったのだ。不思議なくらい、僕は落ち着いていました。彼女の携帯電話を摑《つか》むと、履歴から彼女の母親の番号を出し、僕は中央のボタンをゆっくりと押しました。

「もしもし。——僕です」

彼女の母親は僕が何故《なぜ》、こんな時間に彼女の電話から電話を掛けてきたのかを察したのでしょう。三十秒程の沈黙を経た後、厳《おごそ》かな声で「解《わか》りました。これからお医者様に連絡をして、引き取りにいきます」と簡潔にいうと、電話を切りました。

僕は服を着て、玄関から寝室へとキャリーバッグを運び込み、そこに仕舞《しま》われたお洋服を出しました。コンフォータを捲《めく》り、生まれたままの姿でいる彼女の身体を起こし、下着とオーバーニーのソックスを穿《は》かせ、緑色のスクエアーネックワンピースを纏《まと》わせると、頭にボンネットを被せました。ワンピースのフロントの編み上げを引っ張りながら締め付け、蝶《ちょう》結び、後ろに垂れた布を大きなリボンにし、ボンネットの紐《ひも》を顎《あご》の下で固定します。スカートの下にパニエも仕込みました。自分でこんな服を着たことはないし、増してや着せた経験もないので、多少、段取りに誤りがあるかもしれませんでしたが、悪戦苦闘の末、どうにか見た目は整えられました。

靴はどうしようかと考えていると、インターフォンが鳴りました。彼女の母親と、背広の上から白衣を纏った年配の医師を僕は寝室に招き入れました。

ベッドの上の遺体の傍《かたわ》らに立つと、彼女の母親はその顔をじっと無表情で凝視していましたが、やがて、堰《せき》を切ったかのように泣き崩れました。医師が母親に近付きます。

「しっかりなさって下さい。ご心痛はお察ししますが、ほら、ご覧なさい。娘さんはこんなに満足そうな顔をしておられるんですよ。苦痛は最小限だった筈《はず》です」

「――済みません。ええ、先生の宣告を受けてからの凡《およ》そ一週間、充分なくらい泣きましたから、一生分、泣きましたから、この時がきても気丈《きじょう》に振る舞おうと決めていたんです。でも、このコが余りに……。余りに、優しい顔をして死んでいるもので……」

医師は強く頷《うなず》き、彼女の診断を始めました。

「恐らく、今朝の五時前後に発作を起こし、心臓が停止したと考えて間違いないでしょう」

そういうと医師は僕に彼女の死に気付いた時間と状況を訊《たず》ねました。

「服は、着ていませんでしたね」

「はい」

「たとえ完全に死亡していても、我々医者が到着してそれを確認するまで、遺体に触れて貰《もら》ってはならないのですが」

「彼女にとって、このお洋服は特別なものだったんです。彼女はこの Innocent World のとっておきで、最期を迎えたかったと思うんです。ですから――」

「医者としての建前《たてまえ》をいっただけですよ。問題ありません。では、病院に搬送しますので、外で待機している者を呼びます」

医師は玄関に引き返し、担架を持った人々を呼び込みました。彼女をベッドから担架に移すと、医師は「では、病院でお待ちしています」といい残し、担架と共に去っていきました。部屋には僕と彼女の母親が取り残されました。

「本当だったら家に連れて帰るんですけど、一旦《いったん》、病院なんです。あのコ、金曜日に救急車で病院に運ばれたでしょ。その時にね、ドナー登録をしたんです。心臓は使い物にならないけど、肝臓や腎臓は健康だから提供出来るでしょって。臓器移植を受けて助かる命があるなら協力したいって。――人の為《ため》になることだとはいえ、死んでからあのコの身体にメスが入れられると思うと、親としては反対したかった。でも、出来ませんでした。命の重み、尊さを誰よりも知っているのは、このコなんだってことをその時、私は教えられたんです」

彼女の母親はそういうと、何かを吹っ切るようにすがすがしく微笑《ほほえ》みました。

「病院から家に連れて戻ったら、すぐにお通夜。あのコがね、お葬式はこぢんまり、密葬にして欲しいっていっていたものですから、明日の葬儀はごく近しい身内しか呼ばないつもりです」

「僕は、どうすれば」

「そう……。お通夜って、親戚《しんせき》や近所の人が集まって、お寿司を食べたりお酒を飲んだり、結構、騒がしいから、明日の葬儀にだけ立ち合ってくれればいいです。お通夜はともかく葬儀って、昔は杓子定規《しゃくしじょうぎ》なものばかりだったんですけど、最近は結構、融通《ゆうずう》が利《き》くんです。ですから、生前のあのコの希望を取り入れながら、出来るだけあのコらしい式にしてあげるつもりです。あのコもお通夜より葬儀に来てくれるのを望んでいると思います」

それから彼女の母親は、彼女の荷物を渡してくれるようにといいました。僕は寝室の床にちらばった昨日の洋服一式と、キャリーバッグ、携帯電話、トートバッグ、ストラップシューズを一ヶ所に集めました。彼女の母親はキャリーバッグにそれらをまとめて入れると、玄関に向かいました。

「じゃ、帰ります。明日の葬儀の時間は、今夜に連絡しますね」

「はい」

「あ、何か、あのコのもので手許に置いておきたいものはありますか？」

僕はしばし考え込みました。

「否《いえ》、その若さで恋人の形見なんて持たないほうがいいですよね」

「あの……。一つだけ」

「何？」

僕はキッチンに放置されたままのカレーの鍋を貰うことにしました。どうしてそれを選んだのかを僕は説明しませんでした。彼女の母親も何故《なにゆえ》に鍋《なべ》なのかを問いはしませんでした。が、只《ただ》、ドアを開けて出て行く時、一言、彼女の母親は僕に向かってこういってくれました。「本当に、有《あ》り難《がと》う」——と。


葬儀は三鷹台の彼女の家で、正午から始まりました。式は彼女と彼女の両親と共にすき焼きを食べたダイニングルームで行われました。北欧製の白い硝子《ガラス》張りのテーブルが片付けられた部屋の奥には、白い布が被せられた三段の祭壇が用意されていて、一段目には遺影、二段目には位牌《いはい》、香炉、燭台《しょくだい》などが並べられ、三段目には桐《きり》の棺《ひつぎ》が載せられていました。遺影や位牌などが隠れてしまうくらいに無数の赤い薔薇《ばら》と白い薔薇、そしてピンクの薔薇が祭壇を覆い尽くしていました。

　彼女の両親の他、親族だと思われる人達が二十名程参列する中、葬儀社の人の仕切りで僧侶の読経《どきょう》が開始され、焼香が行われます。僕の順番は最後でした。喪服の用意がない僕は制服で葬儀に臨みましたが、数珠《じゅず》を持っていませんでした。彼女の父親が自分の数珠を僕に貸してくれました。

「それでは、出棺となりますので、お別れの儀として故人の棺に、お花をお入れ下さい」

　祭壇に飾られた薔薇が一輪ずつ、参列者に渡されました。葬儀社の人達によって棺が開かれます。一番お気に入りだった緑のスクエアーネックワンピースに白いボンネットという姿で、彼女は寝かし付けられていました。既《すで》に棺の中は薔薇の花々で満たされていました。大好きだった薔薇に囲まれて眠る彼女の遺体を観《み》て、僕は大阪のホテルのバスルームの光景を想い出さずにはいられませんでした。「あの時と同じだね」――心の中でそっと彼女に語りかけ、僕は彼女の手にピンクの薔薇を握らせました。顔は病院に運ばれ、臓器を取り出されたにも拘《かか》わらず、ベッドの上で息絶えていた時と変わることなく微笑んだままでしたが、手はマネキンのように固く、冷たくなっていました。

　再び、棺の蓋《ふた》が閉められます。葬儀社の人の指示によって棺が数名の近親者らしき人達によって担がれました。僧侶、位牌を持った彼女の父親、遺影を手にした彼女の母親が部屋から去り、その次に棺を抱えた人々が続きます。残った者はそれを追い、部屋を後にします。玄関を出ると、家の前には黒塗りのシンプルな大型ハッチバックが、後部を観音開きにして停まっていました。棺が収納されます。霊柩車《れいきゅうしゃ》といえば神棚を背負ったような仰々《ぎょうぎょう》しいものしかないと思っていた僕は、少し不思議な気分でしたが、彼女の父親と母親らが整列する前に、他の人達が並ぶのでそれに倣《なら》いました。彼女の父親が口を開きます。

「生前の娘の希望で、火葬場には私達家族だけがまいります。本日はお忙しい中、駆け付けて下さいましたこと、深くお礼申し上げます」。彼女の父親と母親が深々と頭を下げ、対面している僕の列の人達は黙礼を返しました。

長いクラクションを鳴らし、霊柩車が走り出します。すると間髪入れず、黒いセダンが二台、今度は家の前に現れました。前の車のドアを葬儀社の人が開きました。彼女の父親が助手席に乗り込むと同時に、彼女の母親が僕に近付いてきました。

「火葬、付き合って貰えますか？」

「でも、さっき、彼女の希望は家族だけと」

「親戚の手前、家族、そして娘の恋人にだけとは、伝えられなかったもので。娘は火葬を三人で見届けて欲しいといっていました。あのコの最後の我儘《わがまま》を聞いてやって下さい」

僕は彼女の母親と共に後部座席に座りました。車が発進します。僧侶は葬儀社の人ともう一台の車で火葬場に赴《おもむ》くようでした。

車は五日市《いつかいち》街道に出ると環八を越え、真っすぐ梅里《うめさと》へと向かいます。火葬場には約十分程度で到着しました。僕のマンションからも遠くはない。否《いや》、僕のマンションからなら車で五分も掛からないだろう。こんな近くに火葬場があったことは驚きでした。薄茶色の公民館か区役所といった風情《ふぜい》の二階建ての建物に入ります。静かだけれども広々とした廊下を葬儀社の人に先導されて歩いて行き、彼女の両親と僕は二階の簡易な喫茶室のような部屋に通されました。喪服姿の十人程の団体が、部屋の奥の席に陣取り、テーブルに弁当を広げて食べていました。

「火葬は二時からになりますので、後、四十分程、ここでお待ち下さい」

僕らは葬儀社の人が部屋から出ていくのを見届け、空いているテーブル席に腰掛けました。

「火葬場っていうから、もっと陰気な場所だと思っていたんじゃないかな?」

彼女の父親の質問に僕は頷きます。

「ここは斎場《さいじょう》でね、火葬の施設もあれば、葬儀も出来るようになっているそうだ。マンションに棲《す》んでいれば、家に祭壇を作って式を済ませるのが困難だからね。うちも手狭《てぜま》だからここで葬儀をするほうが楽だったんだけれど、式はごく身内でひっそりとやって欲しいという娘の希望もあったし、私達も出来れば自宅から出棺してやりたかったからね。火葬のみ、ここを使わせて貰うことにしたんだよ」

「しかし、揉《も》めましたね、お花に関しては」

　彼女の母親は父親と眼をあわせると、僕のほうを向きます。

「葬儀の際、祭壇を花で一杯にして欲しいというのがあのコの願いだったんです。それを葬儀社に伝えると問題ないとのことでした。でも昨日、アクセントに用いるのならまだしも、全部の花を薔薇でとお願いすると、それは感心しないとやんわり拒否されて。そこを無理にとお願いしたら、では白い薔薇でコーディネイトしましょうと提案されたんですが、あのコは白も好きでしたけど、赤とピンクの薔薇のほうがもっと好きだったんです。ですから赤とピンクも入れて下さいって。そうしたら、葬儀に赤やピンクの薔薇なんて常識として考えられない。故人の意向を取り入れたいのは解るけれど、赤やピンクの薔薇を使えば、まるで祝勝会、参列者に対して失礼だと諭《さと》されて。私はそれもそうだと諦《あきら》めかけたんですけど、それを聞いた主人がね、葬儀社の人をものスゴい剣幕《けんまく》で叱《しか》りつけたんです。非常識と笑われようが、怒られようが、そんなこと、どうでもいいんだ。溢《あふ》れ返るくらいに赤い薔薇とピンクの薔薇を祭壇に用意しなければ、お前の会社に火を点けるぞって。――普段、怒ることなんて滅多《めった》にない人なんですよ。知り合って、結婚して、二十一年目なんですけど、あんなに感情を剝《む》き出しにした主人をみたのは初めてで」

「そんな話、彼にしなくてもいいじゃないか」

「何を恥ずかしがってるんですか。いいじゃありませんか。私ね、主人がそうして激怒してくれた時、この人と結婚して本当に良かったと思ったんです」

そんな話を聞いているうち、葬儀社の人が呼びにきたので、僕達は一階の床が白いタイル張りの大きな部屋に向かいました。

白い正面の壁には五枚の黒いエレベーターの入り口を思わせる扉が並んでいます。一番手前の扉の前では十名の喪服の人々が俯《うつむ》き合掌していました。奥の扉の前には台車に載せられた棺を囲む、三十名程の喪服の人々と僧侶がいました。

僕達三人は中央の扉の前で待ちます。すぐにグレイの制服にグレイの帽子を被ったホテルマンのような係員が二人、僕達の前まで奥の扉の前にあるのと同じような棺の置かれた台車を運んできました。葬儀社の人と共に僧侶がやって来て、僕達の前で黙礼をします。棺を前にして僧侶の読経が始まります。それが終わると、僕達は焼香を促《うなが》されます。彼女の父親、母親、僕の順で焼香をしました。

「最後にもう一度だけ、顔を観てもいいでしょうか」

彼女の母親が僧侶に訊ねると、棺の小窓がグレイの制服の係員の一人によって開かれました。僕達は交代で、彼女の顔を観ました。

「有り難う」

「有り難う」

「有り難う」

同じ言葉を僕達はそれぞれ彼女に投げ掛けていました。それ以外、何をいっていいのか解りませんでした。

彼女の父親が、小窓を閉めます。「それでは、炉の準備をさせて頂きます」。係員の言葉で眼の前の黒い扉が左右に開きました。台車の上の棺は炉の中へと押し込まれ、扉が閉じました。

「点火、いたします」。僕は俯き、眼を瞑《つむ》りました。

悲鳴とも咆哮《ほうこう》ともつかぬ大声が部屋に響き渡り、僕は顔を上げました。反射的に左右を窺《うかが》いました。声の主は一番奥の炉の前に集まっていた団体の中の若いＯＬ風の女性のものでした。女性は隣の婦人に抱き抱えられながら、半狂乱の様相で泣き喚《わめ》いていました。僕が眼を背《そむ》けると、彼女の父親がいいました。

「それじゃ、戻ろうか」

部屋を出ようとすると、新たな喪服の団体が入ってきました。先の部屋に僕達は引き返します。

「骨になるまで、一時間くらい掛かるそうだよ」

「そうですか」

「また、葬儀社の人には非常識だっていわれるのかもしれないのだけれど、あのコの骨はこれに入れてあげるんです」

彼女の母親はそういうと、陶器のピンク色をした広口瓶をテーブルの上に出しました。

「骨壺《こつつぼ》なんてどれも可愛くないからって、あのコから託されていたんです」

蓋の部分に金のモールが付いた、どういう用途があるのか全く不明の安っぽい瓶には、ブグローの『アムールとプシュケ』が印刷されていました。

「代官山《だいかんやま》の雑貨屋さんで見付けたといっていました。中には紅茶の葉が入っていたんですけれどね、あのコ、中身を出して綺麗《きれい》に洗えば骨壺として使えるでしょって。そんなおままごとみたいな意見を聞き入れるなんて、一寸《ちょっと》、甘やかし過ぎですよね」

やがて僕達は収骨室で斎場の人の指示に従いながら、彼女の骨を拾い、紅茶の葉が入っていた瓶に入れました。斎場を出て、駐車場で待たしていた乗ってきたセダンに乗車し、僕達は彼女の家へと帰ります。彼女の母親が自分の車で僕をマンションまで送ってくれるというので、僕は厚意を受けることにしました。五日市街道から環八に出たところで、僕は彼女の母親に告白をしました。

「この道で日曜日の夜、渋滞に遭《あ》ったんです。資生堂パーラーでカレーを食べた後、銀座から電車で帰るという彼女を僕は説得して、タクシーに乗せました。でも甲州街道から高井戸に出た途端、とんでもなく車が混み始めて。結局、二時間以上、タクシーの後部座席に彼女を閉じ込めてしまいました。その時、今までで一番大きな発作を、彼女は起こしたんです。あの夜、僕が電車で帰る方法を選んでいたら、彼女はあれだけ非道《ひど》い発作に見舞われることがなかっただろうし、後、もう少し生きていられた筈《はず》です。新幹線では行きも帰りも二回ずつ、薬を飲みました。乗り物での長い移動が、彼女の心臓に必要以上の負担を掛けたんです。やっぱり、旅行は中止するべきだったんです。……済みません。もう、取り返しはつかないけれど」

それを聞くと彼女の母親は「そうね」と頷き、語り出しました。まるで独《ひと》りごちるかのように。

「確かに、あのコを大阪に行かせたのは親として誤った選択だったのかもしれません。でもね、私は今、不思議と何も後悔をしていないんです。告知を受けてから、あのコは私達に心配を掛けまいとして、陰で死の恐怖に震え、泣き苦しんだでしょう。それでも、遺《のこ》された一週間と少しの期間、あのコは何時《いつ》も笑い続けていました。あの笑顔に嘘はない筈です。あのコの人生はとても短いものでした。だけど、確かにあのコは生きていました。確実に死に向かいながらも、精一杯、生きることを謳歌《おうか》していました。昨日の朝、救急車で運びながら、その死に顔を観て思いました。このコの人生は間違いなく幸せだったんだと。このコは愛に溢れた生涯を全《まっと》うしたのだと。羨《うらや》ましくすら、思えるんです。最後の最後まで、大好きな人の傍《そば》にいられたんですから。この世で一番大切な人に見守られて、息を引き取れたんですから」

マンションに車が到着し、僕は礼をいい、彼女の母親と別れました。マンションに戻ると、彼女の死を確認した時も、葬儀の時も、斎場でも、自分には感情がなくなってしまったのではないかと疑いたくなる程に平気であったのに、いきなし、この世界の何処《どこ》を探そうと、もう彼女が僕に逢うこと、否、電話を掛けてくることもメールを打ってくることも、せっかく大きなジャガイモが入っていたカレーの鍋の中身を台無しにしてしまうことも、バイアグラを飲むを強要することも、これから先、ないという現実が僕を深い闇《やみ》へと連れ去りました。もはや彼女の身体は焼かれ、彼女がこの世に生きた証《あかし》は、骨壺の代わりに用意された広口瓶に収まった骨でしか確認が出来ないのだ。しかし拾った全ての遺骨を抱き締めたとしても、もはや彼女の身体の熱に触れるは出来やしないし、全ての遺骨が僕のものになったとしても、僕は彼女とInnocent Worldに行き、彼女のお買い物に付き合えやしない。僕だけをどうして遺した？　どうして後を追ってくれといわなかった？　始まりは、たわいもない一言がきっかけだった。出逢いの先には必ず別離があるとするなら、その別離を経験した後に、訃報《ふほう》を届けてくれれば良かったのに……。あり得ない、こんなの。無理だよ。無茶苦茶だ。認めない。遣《や》り方が穢《きたな》いよ。卑怯《ひきょう》だろ？　そう思うだろ？

マンションに一人でいるのが耐え切れず、僕は部屋を出ると、自転車に乗り半ば無意識のまま夢中でペダルを漕《こ》ぎ、ひたすらに宛《あ》てなく走り続けました。

気が付くと、先程の斎場の前に来ていました。駐車場には二台の霊柩車と、数台の黒い車、マイクロバスが停まっていました。新しい霊柩車が入ってきます。駐車場には桜の樹が沢山《たくさん》植えられていて、蕾《つぼみ》を開かせる準備をしていました。確かに、彼女のいったことは正しいのかもしれない。僕は霊柩車に続いて入ってくる黒塗りの車の列を眺めながら、思いました。何でもないこの日、ひっきりなしに斎場には遺体が運ばれてくる。彼女の遺体が炉に入れられるのとほぼ同じ時刻、この斎場では他に二人の遺体が火葬された。今日だけで何十人もの遺体が焼かれる。明日も同じく何十人もの遺体が焼かれ、明後日《あさって》も、明々後日《しあさって》も、それは続いていく。日々、百二十分の一の確率で死は訪れる。この確率はサマージャンボ宝くじで五等の三千円が当たるのとほぼ同じ。死は特別な出来事ではないのだ。ありきたりなことなのだ。それを僕はやっと実感しました。理屈ではなく、身体で、心で、ちゃんと理解しました。従って彼女の死も例外ではなく、特別でない、平凡でありきたりなものなのです。彼女の火葬の際、奥の炉の前で泣き喚いている女性がいた。あの人も恋人を失ったのかもしれない。僕と一緒で。愛する人と死別する。よくある話なんだ。——なのに、どうしてこんなにも、それが苦しい？　遣り切れない？　耐えることが出来ない？

乗っていた自転車を放置し、僕は駐車場に倒れ込んで、空を見上げました。涙が、零《こぼ》れました。一旦、流れ出た涙は、止まることを知りませんでした。やがて僕は大声で泣き続けていました。駐車場を利用する誰かが不審に思おうが、そんなことはどうでも良い。体液が全て涙に変わり、身体の外に放出されてしまうまで、何日でも、何週間でも、何年でも僕は、ここでこうしていよう。僕が何時《いつ》までも悲しみに溺《おぼ》れるを彼女は決して望みやしない。知っている。でも今は何もいわず、そっと見逃していて欲しい。恋人が死んだ。平凡でありきたりな出来事に対し、平凡でありきたりな僕は、泣くより他、術《すべ》を持たないのだから。誰も気にせず、通り過ぎていって欲しい。彼女を失って泣きしきるだけの僕の姿も、平凡でありきたりなものの筈だから。どれくらいの時間、僕は只《ただ》、ひたすらに涙を流していたのでしょう。眼を開くと視界は滲《にじ》んで殆《ほとん》ど何も観えませんでしたが、まだ冬だというのに、腹がたつくらい空は青く、雲は白く、太陽は輝いて観えました。

神様、僕はもし貴方《あなた》が存在するとしたら、貴方を恨み、憎み続けるといったよね。そう、貴方はやっぱり非道《ひど》いよ。最低だよ。でもね、僕も彼女と同様、貴方の存在を信じ、肯定することにするよ。だって、貴方がいなければ天国もないんだろ。そうしたら、彼女が途方に暮れてしまうじゃないか。身体を喪失《そうしつ》してしまった今、彼女は僕のいるこの世界よりもずっと貴方に近い、天国という場所で天使達と仲良く戯《たわむ》れていなければならないんだ。身体を喪失しても魂はあり続ける。ならば死者にとって必要なのは骨壺よりも天国だろう。僕には観えるよ。彼女が薔薇で満たされたバスタブよりも美しい世界に到着し、その景色に感激し、飛び跳ねている姿が。聴こえるよ。ほらね、神様も天使もいたんだよと僕に向かって叫んでいる嬉《うれ》しそうな彼女の声が。

神様、僕も貴方に感謝をします。有り難うをいいます。だって、こんなにも悲しいのだから。これ程に悲しめる僕は、とても幸せな人間なのですよね。ハッピーなのですよね。神様、僕から彼女を取り上げてしまった神様。貴方にお願いがあります。彼女に伝えて欲しいのです。最期に自分はウルトラ・ラッキーな女のコだといったけれど、僕のほうがウルトラ・ラッキーな男のコなんだからね、と。きっと本当に愛せる相手に巡り合えず、終了する人生も沢山《たくさん》ある。愛したけれども愛されぬまま死んでいく人だって一杯いる。彼女という特別な贈り物を受け取れた僕は、神様、貴方から祝福されているのかもしれませんね。神様、貴方は彼女を奪っていったけれども、彼女は僕の中に刻み込まれたままだ。彼女と過ごした美しいだけの日々は、これからも永遠に輝き続ける。時間が逆回転して、もしも彼女に話し掛けた日にまで戻れたならば、僕は彼女と距離を持って付き合うだろうか。否、僕はやはり同じように彼女を愛するだろう。この結末を知っていたとしても。運命や宿命なんて真剣に考えたことはなかったけれど、僕達が出逢い、愛し合えた奇蹟《きせき》を僕は運命と呼ばずにはいられない。彼女はせっかちに逝《い》ってしまったけれど、僕はこれからずっとずっとじっくりと、この世界で、彼女を愛したが故《ゆえ》の、彼女を失ったが故の悲しみを抱いて生きていける。彼女の死の知らせはせめて彼女との関係が壊れた後にして欲しかったと願ったけれども、訂正します。愛し合ったまま引き裂かれる幸福が存在することに僕はようやく気が付きました。

愛したからこそ、この苦しみがある。痛みがある。傷がある。僕は今、喪失と慟哭《どうこく》までもを慈《いつく》しいと感じられます。

葬儀の日から、半年が過ぎました。初七日も四十九日も過ぎ、季節はもう春さえも通り過ぎ、夏へと向かっています。

随分と、平穏さを取り戻したと、自分自身で思います。原宿に出てInnocent Worldの入っているビルの前を通っても、そのままにしておいては腐ってしまうので少し残っていた中身は洗い流したけれど、コンロの上に置いたままでいるキッチンのカレーが入っていた鍋を観ても、お揃《そろ》いだと彼女からプレゼントされたネクタイを手にとっても、もう、感情をコントロール出来ず、涙をみせることはありません。けれども、僕の中から、記憶から、彼女が徐々に薄れている訳ではないのです。

彼女の遺体が焼かれる寸前、僕と彼女の両親は事前に打ち合わせた訳ではないのに、棺の中で眼を閉じる彼女に向かい、揃って「有り難う」と語り掛けていました。「左様《さよう》なら」とはいいませんでした。生まれたことと生きることに意味はあっても死に意味なんてない。僕と彼女の両親は彼女の命が果てようとそれが真実の別れではないことを、知っていたのかもしれません。別れの言葉はいう必要がなかった。死は形式的な別れに過ぎないのだから。——少なくとも僕は、そう思っています。相変わらず、僕は彼女と共に歩み続けているのですから。もしも僕が、嬉しいこと、辛《つら》いこと、全てを真っ先に彼女に報告しなくなったならば、その時、本当の別離があるのでしょう。

でも時々、やっぱりどうしようもなく、淋《さび》しくなるのです。そんな想いに駆られたならば、僕は自転車を飛ばし、斎場の前まで行きます。そして空を仰ぐのです。そうしたならば、雲の隙間《すきま》からこちらを天使達と一緒に覗き込み、微笑みながら無邪気に手を振っている彼女に逢えるのです。

僕と彼女は今日も平凡でありきたりな毎日を、ウルトラ・ラッキーで、ウルトラ・ハッピーに過ごしています。

ハピネス

二〇〇六年　八月一〇日　初版第一刷発行

著　者　嶽本野ばら

発行者　佐藤正治

発行所　株式会社小学館
〒一〇一―八〇〇一　東京都千代田区一ッ橋二―三―一
電話　編集　〇三―三二三〇―五一三四
　　　販売　〇三―五二八一―三五五五

印刷所　文唱堂印刷株式会社

製本所　株式会社難波製本

＊造本にはじゅうぶん注意しておりますが、万一、落丁・乱丁などの不良品がありましたら、「制作局」（電話〇一二〇―三三六―三四〇）あてにお送りください。送料小社負担にてお取り替えいたします（電話受付は土・日・祝日を除く、九：三〇～一七：三〇です）。

ISBN4-09-386168-4

装幀　松田行正　　編集　菅原朝也